10 + 1 Stories

Band 9

KILLROY *media*

Impressum

Herausgegeben wird die Reihe Killroy 10 + 1 Stories
von Michael Schönauer.

Lektorat	Martin Plan, Asperg
Gestaltung und Satz	Eva Rosenberger, Stuttgart
Gesamtherstellung	Druckerei Steinmeier, Deiningen

Bibliografische Information der Deutschen Nationalbibliothek
Die Deutsche Nationalbibliothek verzeichnet diese Publikation in der Deutschen Nationalbibliografie; detaillierte bibliografische Daten sind im Internet abrufbar http://www.dnb.de

ISBN 978-3-931140-28-1

1. Auflage 2020

Philipp Schiemann

Rockstar 5.0

KILLROY ***media***

Der Autor

*1969 in Düsseldorf. Schriftsteller, Musiker und gelernter Mediengestalter. Veröffentlichungen von Prosa und Lyrik als freier Autor seit 1995. Zwischen 1996 und 2005 ausgedehnte Lesereisen durch Deutschland, Gastauftritte in Schweden, Österreich, der Schweiz, der Tschechei und den USA. Diverse Preise und Stipendien. Ab 2003 vermehrt Auftragsarbeiten und Recherchereisen, die sich thematisch mit Westafrika und den dort heimischen Naturreligionen befassen. Ein Großteil der in diesem Zusammenhang entstandenen Texte wurde ins Niederländische, Englische, Französische, Portugiesische und Spanische übersetzt. Mit wechselnden Gastmusikern (z. B. Jeff Dahl, Ex-Angry Samoans) betreibt Schiemann als Sänger und Texter seit 1989 zudem das Bandprojekt CONSCIOUS, mit dem er zahlreiche Aufnahmen in Eigenregie publizierte.
Weitere Informationen unter www.pschie.de

Das Buch

„... Das ist Rock & Roll, ihr halbgaren Flaschen und Freunde der Sekundärliteratur, hört gut zu und seht gut hin: Die mit Scheiße gefüllten Schlüpfer steigen brummend in die Lüfte wie dereinst B-52-Bomber auf ihrem Weg ins gelobte Land, und für den Bruchteil von Sekunden herrscht so etwas wie Einigkeit im Reich der eilfertigen Diskutierer, GEZ-Zahler, Aktivisten, Nazis und Mieterschutzbundmitglieder, für einen kurzen Augenblick scheint es, als gäbe es doch noch eine Lösung. Freilich ist dieser erhabene Moment gleich wieder vorbei und Buh-Rufe werden laut, wieder passt der Mehrheit was nicht, wieder gibt es etwas zu kacken, aber zu spät, nach uns die Sintflut. Schon morgen wird ein anderer Messias auf den Bühnenbrettern den Musikus geben, und bis dahin soll in den Ohren noch die Zugabe nachklingen. Wir spielen G.G. Allins „Abuse myself, I wanna die“ und grinsen bis über beide Ohren, denn die Gage haben wir längst cash im Jutesack und die Lebensmitte ist auch schon überschritten, gottlob ...“

SCIENCE FICTION
A KNIFE SILENT
KAANGA
FUN
FILM
COMICS
WINGS
Tales

I'm in love with rock & roll
it satisfies my soul
that's how it has to be
I won't get mad
I got rock & roll
to save me from the cold
and if that's all there is
it ain't so bad
rock & roll

Motörhead

Are you drinkin' with me Jesus
I can't see you very clear
I know you can walk on the water
but can you walk on this much beer

Mojo Nixon

If we make enough noise
we'll all be destroyed at once

Duncan McNaughton

Zum Geleit

Humor ist eine Disziplin, die das Unerträgliche zu transzendieren vermag. Ganz ehrlich: Wenn ich meinen Humor nicht wiedergefunden hätte, wäre ich heute vermutlich nicht mehr am Leben. Und um Missverständnissen, die es – wie immer – in jedem Fall geben wird, gleich vorzubeugen: Mir sind die Linken ebenso wie die Rechten absolut zuwider. Dasselbe gilt für die meisten Vertreter unserer kühl kalkulierenden Brandstifterpresse. Zum Kotzen ist es. Natürlich habe ich, gesellschaftspolitisch betrachtet, außer *infantilen Ideen* und dem in Akademikerkreisen so heiß geliebten *Diskurs* auch keine Alternative anzubieten. Es sei denn, ich beiße nochmal in den sauren Apfel und trete selbst an. Was vermutlich die einzig gescheite Lösung ist. Philipp Schiemann als Bundeskanzler und die Föderalistischen Fetischöre Deutschlands an den *Reglern der Macht*. Opfern Sie dem Fetisch Aufschwung mit zwei Kreuzen an der richtigen Stelle. Die Kontonummer wird dann ganz oben eingeblendet.

Und bevor ich es vergesse: An Orten, wo laute Musik gespielt wird, dachte ich immer, ich sei ein völlig hölzerner Typ, weil ich nie das Verlangen danach hatte, zu tanzen. Und wenn ich es trotzdem mal versuchte, war das meinen Freunden immer peinlich. Aber als ich letztens zu Hause „Hanging Around" von Lou Reed hörte, setzte ich mich plötzlich völlig unwillkürlich in Bewegung, und es war *scheißcool*. Und dann fiel mir endlich auf, dass ich diese Art von Musik seit circa 35 Jahren nirgendwo mehr gehört habe. Da staut sich natürlich eine Menge Ärger an, denn was einem ausschließlich vorgesetzt wird, wirkt wie verordnet. Höchste Zeit also, die Boys einzusammeln und auf Tour zu gehen. Hit it.

*

Mannheim, Destille. Der Rickenbacker hängt vor den Knien, im Hintergrund wird angezählt. Erste Schlüpfer, mit Scheiße gefüllt, segeln gen Bühne, landen sattsam auf den Verstärkern, Dünnes spritzt seitwärts. Die Boys sind begeistert. Gitarrist Andy schlägt die ersten Akkorde von „Suicide City" an, alle Welt jubiliert. Wir sind wieder da!

Im Anschluss an den Gig dann wildes Geficke, Orgien, Ausschweifungen, Totalenthemmung. Leider, wie so oft, Wunschdenken. Man hat vergessen, unsere Plakate aufzuhängen, es tauchen gerade mal drei Mann auf, die irgendwie dachten, sie würden heute Abend *Sven Väth* hören. Immerhin, diesen Zahn können wir ihnen ziehen und bereiten den unbescholtenen Dreien einen unvergesslichen Abend. Mögen sie ihr weiteres Dasein mit einer posttraumatischen Belastungsstörung fristen, wir tun das Unsrige gern dazu.

Im Geiste der New York Dolls geht der Rock & Roll als brachiales Klanggewitter auf ihren Häuptern nieder, werden die Synapsen gewinnbringend neu verschaltet. Im Anschluss an die Zugabe rutschen sie auf Knien vor uns herum, stammeln von Dank und Erkenntnis, wir nicken dazu empathisch. „Ihr wart blind und seid nun sehend", sagt Fränky, und das bekehrte Trio entleert ungefragt die Geldbörsen vor unseren Füßen. Mögen sie den Raum abschließend auch wie die gerupften Weihnachtsgänse verlassen, so bleibt ihnen doch ewiglich die teure Erinnerung an den Wohlklang unserer Schalmeien und Posaunen.

*

Am Abend des folgenden Tages dann Gig im „Circus Maximus" am Kölner Dom. Wir teilen uns die Gunst des Publikums mit einer Sondersendung der Öffentlich-Rechtlichen, die unmittelbar vor dem Laden auf Großbildleinwänden „Hitlers Aufstieg an die Macht" in 3D schildert. Ich meine, ich hätte auf ZDF Info letztens schon mal davon gehört, aber ich bin nicht sicher. Schlagwerker Kimme Konzen erklärt mir, dass die Öffentlich-Rechtlichen das Thema seit Jahren in Endlosschlaufe beackern, weil das Kurzzeitgedächtnis der Jugend von heute im Zeitalter der digitalen Vernetzung irreparabel geschädigt sei. „Richtig so", sage ich, „und da das Langzeitgedächtnis der meisten gerade mal bis in die Neunziger reicht und bei Tamagotchi-Eiern, der Geburt des grünen Punktes und Helmut Kohls blühenden Landschaften anfängt, sollte man solche Dokumentationen eigentlich *jeden* Tag auf *allen* Kanälen bringen." Es würde sogar Sinn machen, für immer über nichts anderes mehr zu sprechen und jene, die Zweifel an dieser Vorgehensweise anmelden, sogleich zu diskreditieren. Wir ermuntern das Publikum daher, die Karten gegen Erstattung des Eintrittspreises zurückzugeben und rücken etwas enger zusammen, schließlich ist die Intimität der kleinen Club-Konzerte dem Arena-Mainstream ohnehin vorzuziehen.

Ben „Lutscher" Bumsfeld am Bass brilliert dann überraschend noch mit einem Highlight zum Thema: Er hat bei einer seiner Flohmarkttouren eine zerschossene Super-Acht-Rolle mit historischen Filmaufnahmen von Erwin Rommels Privatleben aufgetan, die er – er wirkt fast verschämt, als er es uns hinter vorgehaltener Hand gesteht – vor wenigen Tagen meistbietend an das Zweite Deutsche Fernsehen verkauft hat. Sie belegen, dass der von der älteren Generation so heiß geliebte Wüstenfuchs offenbar *schwul* war und zeigen Rommel in der westafrikanischen Savanne vor einem mindestens 300 Jahre alten Baobab. Er hat seine Uniform ausgezogen, und, ordentlich zusammengelegt, auf dem Wurzelwerk deponiert, sein Hakenkreuz-Orden steckt auf Kopfhöhe an der Baumrinde und wacht über die Szene wie der gute Stern von Bethlehem.

An dieser Stelle folgt ein Schnitt, und es geht weiter mit Rommel, der, sichtlich erregt und nur mit einem Pippi-Popo-Baströckchen bekleidet, einem einheimischen Buben am Arschloch herumspielt. Zu guter Letzt kommt noch eine nächtliche Szene aus einer togolesischen Metropole im Schummerlicht. Rommel spielt am Eingang einer Gay-Bar den Türsteher, im Hintergrund hängt ein Mann mit sehr dunkler Hautfarbe am Andreaskreuz und präsentiert seinen steil aufgerichteten Mötelmann.

Lutscher gesteht, dass er für diese fantastischen Highlights aus Deutschlands Blütezeit satte € 200.000.- kassiert und jetzt eigentlich ausgesorgt hat. Er müsse keinen einzigen weiteren Gig mehr mit unserer Hinterhofkapelle spielen, aber – und das rechnen wir ihm hoch an – er möchte uns *nicht enttäuschen.*

In diesem Sinne drehen wir die Verstärker auf einundzwanzig und bedienen standesgemäß. Auf Wunsch einer einzelnen Dame beenden wir das Sit-in mit einem zünftigen Viervierteltakt und recken unsere Fäuste dazu kämpferisch in die Höhe.

*

Heute Abend spielen wir in Flensburgs „Nahkampfzeile“, nach Köln nicht gerade um die Ecke. Auf der beschwerlichen Fahrt in unserem Dodge Dump Truck von 1969 entbrennt eine hitzige Diskussion über die Vorzüge der veganen Lebensweise und die Produkte diverser Lebensmittelhersteller.

Während Lutscher Bumsfeld den Sojawürstchen von Heideggers Biooase eindeutig den Vorzug gibt, schlägt Kimme Konzens Herz ganz klar für die Dinkelgriller von Natures Finest, einer ausgesuchten Vegan-Manufaktur im Herzen Schottlands. Der Transport dieser Griller würde allerdings aufgrund seiner Wege vom Produzenten zum lokalen Supermarkt einen Beitrag zum Treibhauseffekt leisten, der wiederum deutlich größer wäre als der von der kompletten Angebotspalette der Heidegger Biooase, da diese ja ein deutsches Produkt ist.

Auf der anderen Seite wiederum, so kristallisiert sich heraus, ist der Kauf deutscher Produkte in Zeiten ständig wachsender Fremdenfeindlichkeit kein Statement, das man als politisch aufgeklärter Musiker gerne abgeben möchte, weshalb nach weiteren eineinhalb Stunden erregten Lamentierens die Sojabuletten von Luna Lampe, einer esoterisch angehauchten Kleinherstellerin aus dem Bekanntenkreis, die Nase vorn haben. Leider kann die in Kroatien gebürtige Luna aufgrund ihres Vollzeitjobs im Callcenter nur geringe Stückzahlen liefern, so dass nicht alle satt werden. Aber zur Not, so wird man sich schließlich einig, dürfe man dann und wann auch mal auf andere Hersteller ausweichen.

Es kommt also zu einem basisdemokratischen Kompromiss, und das trotz und obwohl im Hinterstübchen unserer umweltbewussten Protagonisten hier und da das eine oder andere Zähneknirschen laut wird. Ein jeder wollte doch, wenn auch nicht offen eingestanden, den anderen zu seiner ganz persönlichen Sojawahl *zwingen,* auf dass der beratungsresistente Störfall alsbald unter eigener Flagge segelt und schön die glukoseverschmierte Fresse hält.

Ach ja, der Gig. Der schleppert sich dann am Abend schließlich mehr schlecht als recht dahin, denn in ihren Herzen sind alle abwesend, träumen von Gleichberechtigung, Inklusion und einer Welt in prallen Regenbogenfarben, während im Hintergrund still und leise das Bankgeheimnis abgeschafft wird.

*

Heute Abend spielen wir im „Rope-A-Dope", Berlin. Die Scheiße soll brennen, und damit das auch klappt, setzt sich Andyboy vor dem Gig erstmal einen ordentlichen Schuss Crystal. Leider war der Stoff mit Phencyclidin verstreckt und etwas zu viel war es auch.

Andy schafft es gar nicht erst, sich seine Stratocaster (von 1914) umzuhängen, sondern nimmt gleich Anlauf und hechtet horizontal von der Bühne. Seine Reflexe sind ad acta gelegt und so endet der Einsatz anästhesierend. Er landet auf der Visage, die Arme flattern wie lästiges Beiwerk hinterher. Wir schlagen uns eine Schneise durch die begeisterten Fans und rollen ihn auf den Rücken, staunen über seinen frei flottierenden Gesichtscircus mit Nasenspringbrunnen und den langen Lachs, der dazu im Schritt den Dirigenten gibt.

Nachdem wir den schwer Bedienten in stabiler Seitenlage am Bühnenrand abgelegt haben, drehen wir die Marschalls auf achtunddreißig und beglücken das Auditorium mit schrillem Feedback, gefolgt von einer Hommage an Barbra Streisand mit hochgezogenen Mundwinkeln und Silberblick. Weil das nicht so goutiert wird, wie es sich gehört, schütten wir mit Schmackes abgestandenen Urin aus Zehn-Liter-Eimern ins Publikum, was *auch nicht* allen gefällt.

Einer wird zum Gesinnungstäter, spielt den starken Mann, erklimmt die Bühne, will Sänger Fränky auf die Fresse hauen, aber Lutscher Bumsfeld ist schneller. Er schwingt den Rickenbacker am langen Ende wie eine Streitaxt und schmettert dem Eindringling den Korpus mit größtmöglicher Wucht auf den Schädel. Dieser gibt mit sattsamen Krachen nach und eine gewaltige Portion Propaganda mit Ketchup spritzt fontänengleich aus dem faustgroßen Loch, das den ungeliebten Angreifer gleich sympathischer macht.

Anschließend spielen wir noch eine fantastische Version von „Sonic Reducer“, aber es hilft alles nichts. Den Highscore auf YouTube sprengt am Ende Andys Solo als motorisch hochkarätiger Fratzenschneider mit unruhiger Schlange in der Hose. Die Likes gehen in die Hunderttausende und L'Oréal will Werbung schalten, aber Chanel ist schneller.

*

Früh am Morgen folgt der Aufbruch, München ruft. Der „Augustiner Alternativkeller" ist ein Punkschuppen der ersten Stunde und gibt uns die Ehre, ein Benefizkonzert zugunsten der lokalen Flüchtlingshilfe zu spielen.

Wie wir über das Radio erfahren, kommt unserer Mission heute ganz besondere Bedeutung zu. Auf allen Kanälen läuft seit Stunden eine Sonderberichterstattung über einen gelernten Fleischer, der seinen Imbisswagen neben einem Seehoferschen Ankerzentrum installiert hat und verhaftet worden ist, weil er *Flüchtlinge zu Wurst* verarbeitet hat.

Die in- und ausländische Presse überschlägt sich angesichts des grauenhaften Szenarios, manch Berichterstatter meint, dies wäre nach kriminalistischen Maßstäben ein weiterer „Josef Fritzl" in der Geschichte vom Abstieg Europas. In den aktuellen Tageszeitungen gibt es Handy-Schnappschüsse des Mannes, wie er seine kulinarische Kreation, diebisch grinsend, an Scharen von Demonstranten aus dem linken Lager verkauft. Die unter dem Namen „Ach-Mett" vollmundig als „südländische Spezialität" deklarierten Würstchen, fein mit Rosmarin und Thymian abgeschmeckt, schlank wie echte Wiener und knackig im echten Naturdarm, seien in Windeseile zum Verkaufsschlager geworden.

Das von der Presse mit dem Munde gemalte Bild des „Scheusals von München“ wird konterkariert von seinen unmittelbaren Nachbarn, die ihn als einen ruhigen, sehr höflichen und hilfsbereiten Zeitgenossen beschreiben. Er habe immer „leicht nach Bratfett“ gerochen, was den einen geekelt, den anderen hingegen zum sofortigen Verzehr einer Wurst angeregt hätte.

Weniger begeistert zeigt sich ein Anhänger der Piratenpartei im Interview, der mit Palästinensertuch und Gerwald-Claus-Brunner-Button blass aus der Wäsche guckt und betreten gesteht, guten Gewissens gleich mehrere Würste verdrückt zu haben. Sein Partner schiebt das tränenüberströmte Gesicht in die Kamera und versucht beredt, Schadensbegrenzung zu betreiben: Nicht mehr zustande gekommen sei die zur Geburtstagsfeier eines Fraktionskollegen angedachte Inanspruchnahme des angebotenen Cateringservice, immerhin. Ansonsten sei man „sehr betroffen“ und würde, auch wenn mit Schuldunfähigkeit und schlechter Kindheit zu rechnen sei, das barbarische Treiben des bayerischen Kannibalen aufs Schärfste verurteilen. Die Identität der Opfer-Hinterbliebenen sei zu ermitteln, die deutsche Staatsbürgerschaft umgehend anzudienen, Prost Mahlzeit.

Kimme Konzen zeigt sich so angetan von den spektakulären Nachrichten über den „Maneater von München“, dass er der laut 1Live „berühmtesten Imbissbude der Welt“ umgehend einen Song widmen will. Lutscher Bumsfeld nickt pflichtschuldig, will assistieren. Zu zweit schaffen sie es tatsächlich, in ihrem gleißenden Kreativofen ein solides Stück zu schmieden, das wir dem aufnahmebereiten Publikum sogleich brandheiß zu servieren gedenken.

Der Augustiner Alternativkeller ist rappelvoll, und zumindest anfangs läuft alles nach Plan. Andyboy dreht den Swag auf, Fränky furzt ins Mikro und Kimme Konzen vollzieht mit Lutscher Bumsfeld ein homoerotisches Stelldichein. Dann der Knall, Stromausfall, Geschrei, Dunkelheit. Spontan und profigemäß versuchen wir, den bayerischen Mörder-Metzger mittels einer Unplugged-Session in die Hallen des Ruhmes zu tragen, und dies gerät zum vorläufigen Höhepunkt unserer kleinen Farm. Mit Wunderkerzen und Me-too-T-Shirts hampeln sie squaredancemäßig um uns herum, recken ihre Neon-Schweißbänder, und die mit Scheiße gefüllten Schlüpfer bevölkern die Lüfte wie ein großer Schwarm stattlicher Weißkopfseeadler.

Anschließend schreiben unsere Mötelmänner noch ein paar schnelle Autogramme in die sich reckenden Wendehälse und zu guter Letzt verdrücken wir backstage eine Portion kaltes Bio-Dinkelschrot mit fair gehandeltem Pfeffer. Da platzt mir doch der Jutesack.

*

Heute Abend steht Leipzig-Connewitz an, wir spielen in der Simildenstraße. Schon beim Ausladen gibt es erste Differenzen mit den zugezogenen Eingeborenen. Fränky glotzt einer aufgetakelten Punk-Braut auf den Arsch, die mit engen Panties, rot gefärbten Haaren und üppig aufgetragenem schwarzem Lippenstift aufwartet.

„Du dreckiges Sexistenschwein“, herrscht sie ihn an, und die Umstehenden werden aufmerksam und karten nach.

„Chauviarschloch“ und „Schwanz ab“ heißt es da, und Fränky duckt sich ob der größer werdenden Menge ab und guckt ratlos aus der Wäsche. Offenbar spricht sich der Vorfall herum und die Prognose für einen gelungenen Abend verschlechtert sich drastisch. Auf der Straße vor der Kneipe formiert sich bewaffneter Widerstand, aus den Fenstern der umstehenden Häuser flattern Transparente: „Haut ab“, heißt es da, und „Blöde Arschlöcher braucht Frau nicht“.

Eine Mutter mit schmuddeligen Dreadlocks, barfuß im Sari, bricht mitten auf der Straße zusammen und beginnt, in Zungen zu sprechen. „Mein Bauch gehört mir“, stammelt sie mit verheulten Augen, und ein bärtiger Langhaariger mit Je-suis-Achmett-T-Shirt nickt ehrfürchtig und ruft eine Schwester herbei, auf dass sie die Gefallene aufrichten möge.

Der Veranstalter, ein jungscher Bursche mit etlichen Piercings im Gesicht und stattlichen Fleischtunneln in den Ohren, ist wenig begeistert. „Ihr habt euch nicht gerade Freunde gemacht mit eurer *Attitude*“, sagt er, und dann, an Fränky gerichtet, leise und konspirativ: *„Es gibt keine Ausländer, es gibt nur Nazis“*.

Unter Pfiffen, Buh-Rufen und fliegenden Bierflaschen machen wir uns daran, unseren Krempel unverrichteter Dinge wieder einzuladen. Der Veranstalter, der mit seinem Ohrschmuck ein bisschen wie Mickey Maus aussieht, möchte uns zum Abschied noch eine Belehrung verpassen, aber auch das ändert nichts an den ungeschriebenen Gesetzen im *Schland*: Ob links- oder rechtsextrem, man braucht das Pack nur am Arsch zu kitzeln und schon spritzt die Scheiße bis zur Decke.

Auf der Flucht fragt Andyboy schließlich, ob wir das scharrend-flatternde Geräusch hören würden. Kimme Konzen meint, das seien die schwarz-rot-goldenen Wimpel, die seit der Kreismeisterschaft im Damenfußball am Außenspiegel hängen, aber Lutscher Bumsfeld winkt ab. „Das ist Heinrich Heine, der im Grab rotiert“, sagt er, und wir lernen geschlossen.

*

Am folgenden Tag ist zum zweiten Mal Berlin fällig, diesmal die „Genderbar“ in Friedrichshain. Unsere Vorgruppe heißt „Ficki Fekalis Fotzen Fandango“ und besteht aus vier straffen Bull Dykes, die uns unmissverständlich zu verstehen geben, dass eigentlich *sie* der Hauptakt sind und wir gut daran täten, uns danach zu richten.

Wir nicken und geben den netten Kumpel von nebenan, schließlich wollen wir nicht erneut aus der Stadt gejagt werden. Unser Einlenken verschafft uns mächtig Kredit in der illustren Runde, und auch die Fans gehen steil. Die mit Scheiße gefüllten Schlüpfer bleiben nicht aus, und unser aller Braunlippe Kimme Konzen fängt ein besonders schmackhaftes Exemplar mit dem Maul, während er mit flinken Sticks fehlerlos das Schlagzeug bearbeitet.

Nach dem Gig gibt es noch eine Podiumsdiskussion über postmodernen Feminismus in Zeiten der digitalen Sinnkrise, die allerdings empfindlich durch Lutscher Bumsfeld gestört wird, der sich vollgesoffener Weise das Mikro greift und behauptet, Adolf Hitler beim Kauf von Kochbananen in einem Essen-Rüttenscheider Afroshop gesehen zu haben. Adolf hätte sie widerwillig für seinen Freund Idi Amin besorgt, mit dem er am Stadtrand in einer heruntergekommenen Wohngemeinschaft leben würde. Aufgrund von Idis Bettlägerigkeit und Demenz, die bereits in vollem Gange sei, müsse Adolf nun alles alleine machen und darüber hinaus ständig aufpassen, von den argwöhnischen Nachbarn nicht verpfiffen zu werden.

Es gibt Buh-Rufe und reichlich Irritation in den aufgeklärten Gesichtern, bis schließlich Fränky die Bühne besteigt und Lutschers Behauptungen bekräftigt. Er sei selbst dabei gewesen, sagt er, als sich Idi und Adolf am sommerlichen Baggerloch liebevoll gegenseitig mit Penatencreme eingerieben hätten und es sicherlich zu weiteren Intimitäten gekommen wäre, wenn nicht ständig irgendwelche Fans störenderweise Selfies vor dem Hintergrund der binationalen Einigkeit geschossen hätten.

Jetzt geht ein Raunen durch das Publikum, man beginnt, dieser unerhörten Geschichte ersten Glauben zu schenken. Kimme Konzen ruiniert unser gutes Standing jedoch abschließend vollkommen, weil er von arisch aussehenden Außerirdischen fantasiert, die gekommen seien, um der Merkelregierung den Garaus zu machen.

Diese hätte sich bekanntlich bei weiten Teilen der Bevölkerung diskreditiert, weil sie in geheimen Kabinettssitzungen die Rodung des Schwarzwaldes befohlen hätte, um dort streng geheime Landebahnen zu bauen, auf denen jede Nacht Dutzende von Jumbojets landen und Flüchtlinge aus aller Welt importieren würden. Ein Whistleblower aus höchsten Regierungskreisen hätte ihm diese News gesteckt, das Ganze würde als Top-Secret-Kommandosache unter dem Namen „Rush-Hour for Refugees“ in die Geschichte eingehen.

Es kommt, wie es kommen muss, und wir werden achtkantig aus dem Laden geschmissen, Knochen brechen, Blut fließt. In den sozialen Netzwerken ernten wir einen Shittornado F5, man droht uns mit Folter und Verbrennung bei lebendigem Leib. Fränky versucht mittels einer öffentlichen Stellungnahme Schadensbegrenzung zu betreiben, aber weder seine fadenscheinigen Entschuldigungen noch sein dümmliches Grinsen können das Steuer herumreißen.

In einem Akt öffentlicher Reumütigkeit spenden wir unsere Gage als Trostpflaster für die Yanomami-Indianer in Südvenezuela und verdrücken ein paar Tränen zugunsten des Schwarzwälder Weißtannenhonigs, der vom Bundesamt für Fernsehköche fortan auf der Liste der ausgestorbenen Arten geführt wird. Das glättet die Wogen und siehe da, man ist wieder salonfähig.

*

Heute steht das Karlsruher „Ballhaus“ auf der Tanzkarte. Aus irgendeinem Grund wurde nur die Vorband nennenswert beworben, unsere Plakate und Flyer liegen originalverpackt hinterm Tresen.

Zu allem Überfluss handelt es sich bei unserem Support um handselektierte Heulsusen. Beim Bier im Backstagebereich fangen sie plötzlich alle vier an zu flennen, weil ihre Sozikohle noch nicht auf dem Konto ist und ihre heutige Verpflichtung sie hindert, an einer spontanen Gedenkstunde teilzunehmen, die ihre Artgenossen zugunsten Che Guevaras angezettelt haben. Im Karlsruher Hauptbahnhof wollen sie die unwissenden Mitbürger über die Vorzüge der marxistischen Revolution unterrichten, wir kotzen im Strahl.

„Sagt mal", eröffnet Fränky, „habt ihr euch heute eigentlich schon den Hintern abgeputzt?" Der Sänger, ein Bleichgesicht mit Palästinensertuch, wird aufmüpfig: „Ihr habt doch keine Ahnung", sagt er, und sein Kompagnon springt ihm bei: „Ihr seid bloß Marionetten des Systems", kräht er laut, und natürlich will diese Verfehlung umgehend geahndet werden.

Lutscher Bumsfeld macht einen Satz nach vorne, guckt irre und zieht voll durch, der marxistische Inbegriff der Freiheit fliegt nach hinten und reißt noch einen Ständer mit politisch korrekten Postkarten mit. Das ruft den Sänger auf den Plan, der dringend das Schutzschild geben will. Auch sein Jochbein ist nun Porzellan unter Lutschers Knöcheln, und prompt schalten sich Bass und Gitarre zu, erheben sich ebenfalls und machen auf alarmiert, die Gesichter seichte Pfützen mit einer dünnen Schicht Eis drauf.

Man merkt ihnen an, dass sie lieber keine kassieren möchten, aber der Stolz nagt und das Selbstverständnis der Bilderbuchrevoluzzer erlaubt kein einsichtiges Schweigen. Monsieur Bass nimmt sich ein Herz und stammelt zögerlich, dass Typen wie wir in ein Lager gesperrt gehören, und wir nicken voller Zustimmung.

„Wusstest du", fragt Kimme Konzen, „dass Linke eigentlich Rechte sind, die noch keins aufs Maul gekriegt haben?" Bass und

Gitarre müssen nun angestrengt überlegen, und bevor der Haussegen vollends schief hängt, sehen wir von weiteren Ordnungsschellen ab und zeigen Verständnis.

„Wenn ihr nicht immer so vorlaut seid", sagt Fränky nachsichtig, „dann passiert euch sowas auch nicht." „Ja", sagt Bass leise und Gitarres fliehender Blick spricht Bände. Langsam und schwerfällig erhebt sich das Schlagzeug, hilft auch dem Gesang wieder auf die Beine. „Also, ganz im Ernst", sagt der Gesang, „irgendwie hat das jetzt gerade richtig gut getan." „Siehst du", sagt Kimme Konzen, „manchmal rückt eine ordentliche Kelle alles gerade." „Man ist danach irgendwie viel mehr im Hier und Jetzt", fügt Bass hinzu, und wir werden ganz traurig, weil wir anstelle von Musik doch besser Sozialpädagogik studiert hätten.

Zu unserer großen Überraschung laufen die gebeutelten Support-Weicheier zur Prime Time dann doch noch zu einer gewissen Form auf. „Dieses Stück ist gegen den Krieg", heißt es da, und „dieses Stück ist für Tobias, der mir letztes Jahr einen Bleistift geliehen hat".

Nachdem auch das überstanden ist, legen wir endlich los, aber es ist zu spät. Der Saal hat sich geleert, bis auf ein paar von Flugscham ergriffenen Fair-Trade-Jünglingen und sauertöpfischen Veganern mit Pigmentstörungen haben sich längst alle verpisst. Weil auch wir an Gerechtigkeit glauben, verpassen wir den verbliebenen Trockenblumen zum Abschluss noch einen musikalischen Arschtritt, aber auch der kann das Steuer nicht herumreißen.

Anstatt uns frenetisch zu feiern und mit dem Munde unsere Gurken zu massieren, fordern die cordhosenbewehrten

Freiheitskämpfer mit fundamentalistischem Furor zum Kampf gegen alle Andersdenkenden auf. Staunenderweise werden wir Zeitzeugen und erleben exemplarisch, wie die so heiß geliebte und vielbeschworene Diversität der restlichen Bevölkerung nun einer strengen Gesinnungsprüfung unterzogen wird, den Test verkackt und das moralische Zentralkomitee der selbsternannten Richter zum bewaffneten Kampf ruft.

Bevor uns die Alte-Weiße-Männer-Scham packt und wir aus Energiespargründen kalt duschen können, ist nun Selbstverteidigung das Gebot der Stunde. Diesmal ist es Andyboy, der mit einer Vorderschaftrepetierflinte der Marke „Manstopper" glänzt, und laut krachend Hohlspitzgeschosse in die Rebellen hineinkommuniziert. Ein feiner Nebel aus Hypophysen und Knochensplittern legt sich über die Szenerie, und siehe da, erste weiße Fahnen schnellen in die Höhe, was eben noch in war, ist gleich wieder out.

„Engagiert euch doch ehrenamtlich", ruft Kimme Konzen den verbliebenen Gesinnungstätern zu, „oder werdet Influencer. Mit ein bisschen Grips schafft ihr es vom Schulhofphänomen zum erfolgreichen Medienunternehmer." Andyboy winkt ab, schüttelt langsam den Kopf und leistet letzte Entwicklungshilfe, betätigt den Abzug und beendet das Leiden der trendbewussten Gesinnungstäter mit einer weiteren Salve.

Sofort vermelden unsere Instinkte, dass wir alles richtig gemacht haben und die Umwelt jetzt besser dran ist: Stille ist in unserer geschwätzigen und hektischen Welt ein wahrhaft hohes Gut.

*

Nach einer durchzechten Nacht und zahllosen gescheiterten Versuchen, den blauviolett geäderten Schweinehund in andrer Leut's Arsch unterzubringen, führt unser Weg heute nach Darmstadt.

Zur Einstimmung auf die Veranstaltung, die im „After Aids" stattfinden soll, läuft im Tourbus „Latex Anal Queens" in HD. Kimme Konzen ist ganz nah an den Bildschirm gerückt und nestelt mit beiden Händen und offenem Mund in seinem Schritt herum. Seine Salatgurke gerät außer Kontrolle, explodiert konvulsivisch. Andyboy, wiederhergestellt, wischt die silbrigen Schlieren mit süffisantem Lächeln von seiner Jacke, und Lutscher Bumsfeld wechselt den Kanal.

Er landet in der Koprophagie-Abteilung des dänischen Fernsehens, in der sie einen Leckerbissen aus den Vierzigern geben. Kurz bevor die Alliierten einmarschieren, lässt sich Adolf Hitler von Eva Braun ein letztes Mal ordentlich in den Mund scheißen, Feldmarschall Göring steht daneben und applaudiert. Handverlesene Buben und Mädels aus der HJ komplettieren die Szene und malen mit braunem Gold Durchhalteparolen auf die 3-2-1-meins-Couchgarnitur, Hausfrau Eva straft sie aus der Hocke mit vernichtenden Blicken.

Abermals wechselt Lutscher Bumsfeld den Kanal, und es folgt holländisches Inklusions-TV mit Unterschenkelamputierten, die ihre Stümpfe schmackhaft-schmatzend in fremde Löcher stecken. Glücklich jauchzend bekennen beide Seiten, wie schön die Welt ist und dass in Kürze die erste Adoption ansteht. Fränky macht der

Sache schließlich beherzt ein Ende, zieht den Stecker und unterweist uns in progressiver Muskelentspannung nach Jacobson.

Am Abend verteilen wir dann Autogrammkarten und streng limitierte Stuhlproben, auch backstage geht es hoch her. Es gibt veganen Bohnenauflauf und eine Redaktionssitzung über Hirseanbau in Nicaragua, im Anschluss denken wir alle über den Klimawandel und die Polschmelze nach. Lutscher Bumsfeld schlägt mit der Faust auf den Tisch, ruft nach dem starken Mann. Andyboy schreit „Jawoll" und Kimme Konzen bedient wunschgemäß, wirft eine Handgranate in die Runde.

So manches blasse Reformhausgesicht zerreißt es vor der Zeit und roter Lebenssaft bringt endlich Leben in die Bude. Vereinzelt finden sich einsame Extremitäten auf den schwelenden Möbelresten, der erhobene Zeigefinger einer verwaisten Hand kündet als stummer Zeuge von dem gelungenen Abend und der politisch korrekten Gesinnung.

Noch vor Mitternacht kommt die Nachricht aus Stockholm: Wir sind nominiert.

*

Heute wartet ein Gig in Münster, wir spielen im „Lausejungen". Auf der Fahrt macht sich bodenlose Enttäuschung breit. Anstatt dass die Interpretationsprofis vom regionalen Schmierblatt unseren explosiven Abgang von gestern mit einem Reißer über die Wiederkehr spontaner Aktionskunst feiern, bringen sie acht Doppelseiten über den neuesten Tatort. Er sei ein „fantastisches

Meisterwerk“ und würde alle Kriterien erfüllen, die man sich als erfahrener Cineast vom Genre nur wünschen könnte. Die stehenden Ovationen krönt ein Mutter-Thomalla-Starschnitt in DIN A0, danach kommen acht Seiten über den VFL Wolfsburg und sein brisantes Duell mit den Offenbacher Kickers. Erst hat Paul Breitner verwandelt, dann Elfer nach einer Schwalbe von Manni Kaltz und, nicht zuletzt, Kopfballungeheuer Hrubesch, der dem Schiri mit seinem Betonschädel zur Feier des Tages den Kiefer bricht. Blut und Knochensplitter spritzen auf den Rasen, auf den Rängen fliegen die Molotowcocktails und alle sind glücklich.

Nur *wir* sind wieder mal die Gelackmeierten, machen lange Gesichter, dürsten nach einer goldenen Dusche auf unsere narzisstischen Mühlen. Neid und Unglück zwingen uns, für unseren heutigen Auftritt einen perfiden Plan zu schmieden, um wenigstens ein einziges Mal Blickfang in den lokalen Gazetten zu werden. Wir denken an die Nachstellung von Christi Kreuzigung, ein williger Fan soll den Heiland geben.

Am Abend schließlich kneifen wieder alle, keiner Slash keine Slash keines hat Bock, sich im Namen des Ruhms ordentlich durchnageln zu lassen. Trotzdem wird Münster ein passabler Erfolg. Wo anfangs noch hasserfüllte Fratzen erzkatholischer Studenten waren, sind jetzt verliebt-verträumt-betörte Gesichter, denen das im Zuge des frommen Tanzes ausgelaufene Menschenfett einen gar appetitlichen Glanz verleiht. Da möchte man sich doch gleich eine Extraportion Schweinskopfsülze bestellen.

*

Als nächstes steht die „Strafbar“ in Nürnberg an, unsere Gage verschwindet täglich im Tank. Bevor wir in der heruntergekommenen Spelunke groß aufspielen können, zieht sich Lutscher Bumsfeld, beim Versuch politisch korrekt zu sein, den Hass der lokalen Gutbürger zu.

Nachdem er bei unserer gestrigen Glanzleistung seine Basssaiten ruiniert hat, will er in Nürnbergs Innenstadt neue erwerben und wird prompt von einer jungen Mutter gefragt, ob er nicht beim Rauftragen eines Kinderwagens behilflich sein kann. Statt den maroden Lendenwirbel vorzuschieben, gibt er sich zögerlich und schüttelt bange den Kopf, woraufhin ihm zwei herbeilaufende Trendsetter Schläge anbieten.

Es kommt freilich nicht zur Boxerei, weil die beiden nun feste anpacken müssen, aber Lutscher ist nachhaltig verunsichert. Dass man ihn beim letzten Türaufhalten als „beleidigendes Sexistenschwein“ bezeichnet hat, muss wohl daran liegen, dass es ungefragt geschah, was letztlich aber zweifelsfrei erst nach monatelangen Diskussionen unter Einbeziehung sämtlicher Minderheiten in geschlechtsneutralem Neudeutsch erörtert werden kann.

Fränky winkt ab, das Thema sei „längst Schnee von gestern“ und überhaupt sei doch hinlänglich bekannt, dass die USA seit den Sechzigerjahren den Geschlechterkrieg in Europa mit Hilfe von *Chemtrails* anfachen würden. Die Kondensstreifen von Flugzeugen würden nämlich Chemikalien enthalten, die den menschlichen Hormonhaushalt derart durcheinanderbringen, dass man beginnen würde, hinter jedem Fliegenschiss das achte Weltwunder zu vermuten.

„Ja“, pflichtet Kimme Konzen mit erhellter Miene bei, „Michael Jackson wusste das auch, deshalb hat er ja immer diesen Mundschutz getragen!“ Lutschers Einwand, dass Jackson doch in Amerika gelebt habe, wird einvernehmlich abgeschmettert. „Vielleicht war er ja paranoid“, meint Andyboy, und Lutscher grübelt etwas und lenkt schließlich ein. Paranoid, ja, das sei denkbar.

Nachdem dies geklärt ist, machen wir uns daran, einen ordentlichen Soundcheck abzuliefern, was nur zögerlich vonstatten geht, weil der Kneipeninhaber uns mit seiner Liederwunschliste auf dem Jutesack liegt. Er will uns zur Tokio-Hotel-Coverband umerziehen und zwingt uns schließlich, ihm das Genick zu brechen.

Abends wendet sich das Blatt verdient und Horden von sexhungrigen Chicks hängen an unseren Lippen, wollen Mitglieder im Rock-Elysium werden. Mit durchsichtigen Plastiktops und Bubble-Booties, die nur von fadendünnen Strings versteckt werden, sind gar schlagfertige Argumente im Angebot. Zwischenzeitlich wird eine Delegation neiderfüllter Diskutierer des Platzes verwiesen und dann kommt es zu guter Letzt zur Rock & Roll Wasserstoffbombenexplosion, Nürnberg wird pulverisiert und damit hat es sich.

*

Auf der Fahrt nach Stuttgart, wo wir im „Kesselgulasch" aufspielen sollen, entbrennt eine hitzige Diskussion über Beziehungen im 21. Jahrhundert. Es endet mit der lauwarmen Erkenntnis, dass eine „richtige" Beziehung nur durch harte Arbeit aufrechterhalten werden könne, weshalb es ja auch „Blowjob" und nicht „Blowholiday" heißen würde.

Wir beschließen, diese Weisheit nach dem Gig an unsere Fans weiterzugeben, aber vorher muss ein gerüttelt Maß Überzeugungsarbeit geleistet werden. Schließlich nähert sich dem vaselineverkrusteten Hustler-Holster freiwillig nur, wer vorher mit erlesener Musik bespielt wurde, also geben wir alles und brillieren von A–Z. Es beginnt mit einer Hommage an „Pat Todd & The Rankoutsiders", danach kommt es zu ersten Störungen.

Ein Dreadlock-Schmierlapp entert die Bühne, will uns die mit Scheiße gefüllten Schlüpfer streitig machen. Fränky schlägt ihm IS-mäßig den Kopf ab, die Meute kreischt vor Begeisterung.

Als nächstes kommt ein Studentengesicht mit Nickelbrille und Batik-Fischerhosen, der seinen Anarchie-Stammtisch an den Mann bringen will, selbst gebackene Plätzchen seien erwünscht und Kinder könnten auch mitgebracht werden. Zu seinem eigenen Schutz schubsen wir den langhaarigen Träumer mit Anlauf von der Bühne, bevor ihm die weniger netten Anarchisten unter uns im Zuge ihrer Entfesselung (und zur Feier des Tages) ihre Whiskygläser in den Allerwertesten schieben.

Die Veranstaltung gerät zum Highlight unserer bisherigen Tour, der Raum wird zum heißen *Rock-Hexenkessel.* Lutscher Bumsfeld gibt alles, bearbeitet den Bass wie dereinst Lemmy an seinen besten Tagen. Andyboy mimt dazu Fast Eddie Clarke, zwischendurch reißt er nach dem Anschlagen des Riffs seinen Arm hoch wie Keith Richards, die Meute dankt es mit obszönem Gestöhn. Kimme Konzen trampelt die Double-Bass-Drum leidenschaftlich wie ein Kid, das seinen Widersacher auf dem Schulhof ins Koma stiefelt und Fränky präsentiert seinen vom vielen Rödeln geröteten Mötelmann wie Kolumbus, der ungläubigen Dorftrotteln erste Kartoffeln anbietet. Die erste Reihe reckt dazu artig die Hälse und schnappt ergeben nach dem guten Stück, schließlich ließe sich mit einer Portion des prominenten Safts, zungenfertig mit geschürzten Lippen gemolken und anschließend im Vaginalbereich appliziert, gar allimenteträchtiger Nachwuchs zeugen.

Das ist Rock & Roll, ihr halbgaren Flaschen und Freunde der Sekundärliteratur, hört gut zu und seht gut hin: Die mit Scheiße gefüllten Schlüpfer steigen brummend in die Lüfte wie dereinst B-52-Bomber auf ihrem Weg ins gelobte Land und für den Bruchteil von Sekunden herrscht so etwas wie Einigkeit im Reich der eilfertigen Diskutierer, GEZ-Zahler, Aktivisten, Nazis und Mieterschutzbundmitglieder, für einen kurzen Augenblick scheint es, als gäbe es *doch noch eine Lösung.* Freilich ist dieser erhabene Moment gleich wieder vorbei und Buh-Rufe werden laut, wieder passt der Mehrheit was nicht, wieder gibt es etwas zu kacken, aber zu spät, nach uns die Sintflut. Schon morgen wird ein anderer Messias auf den Bühnenbrettern den Musikus geben, und bis dahin soll in den Ohren noch die Zugabe nachklingen.

Wir spielen G.G. Allins „Abuse myself, I wanna die“ und grinsen bis über beide Ohren, denn die Gage haben wir längst cash im Jutesack und die Lebensmitte ist auch schon überschritten, gottlob.

*

Heute spielen wir in Dortmund-Nordstadt in der „Russenbucht“. Man hatte uns gewarnt, die Gegend sei nicht länger sozialer Brennpunkt, sondern längst soziale Kernschmelze, aber das ist uns selbstverständlich egal.

Schon vor Wochen haben wir uns bei einer albanischen Großfamilie eingekauft, deren Abgesandte während unseres Auftritts den Bus bewachen sollen, und unter den Sitzen lagert zudem ein Satz Schnellfeuergewehre, die uns ein findiges Fan-Studentengesicht mit seinem 3D-Drucker zusammengenagelt hat. Die Magazine sind gefüllt mit Hohlspitzgeschossen, die bei Feindkontakt aufpilzen und viel Gutes bewirken, solange man auf der richtigen Seite steht. „Und? Stehst du auf der richtigen Seite?“, möchte man fragen, aber wir sind leider zu minderbemittelt, um das politisch korrekt beantworten zu können.

Spielt aber letztlich auch alles keine Rolle, denn der Schlagbaum zum Schutz der Zivilbevölkerung liegt eben hinter uns und unser Müllwagen rollt vogelfrei durch ausgebrannte Straßenzüge, an deren Kreuzungen rauchende Teerfässer die Reviere markieren. Eine Horde Schmuddelkinder kommt frontal auf uns zugelaufen und springt geschlossen auf die Motorhaube, und ehe wir abwinken können, glänzt unsere Windschutzscheibe wie nach einem Besuch bei *Carglass*, wir vergelten es mit frisch geprägten Zwei-Cent-Stücken. Die milde Gabe wird mit langen Gesichtern quittiert, 500.– seien der Preis, aber wir schütteln lächelnd die Köpfe und empfehlen den regelmäßigen Schulbesuch.

„Was willst du Spasti denn, eure Alten gehen Flaschen sammeln“, sagt der Rädelsführer schlagfertig, und wir nicken gewinnend-ratlos, bringen hilflose Lückenfüller und beschließen, bei der nächsten Bundestagsversammlung besser aufzupassen, denn auch bei hartnäckigen Kunden gibt es unverfängliche Antworten, man muss sie eben nur parat haben.

Als nächstes klopft es ans Beifahrerfenster, ein zahnloser Alter mit schaurigem Ausschlag gibt sein Stelldichein und spielt auf seiner Panflöte eine traurige Weise. Wir drücken uns um das Almosen, indem wir dem Alten stattdessen von orientalischen Erntehelfern erzählen, die ihre kleinen und großen Geschäfte ausnahmslos in den Feldern verrichten würden und den deutschen Verbraucher mit einem „Fäkalien-Dschihad“ auslöschen wollten, der *mitunter auch Hautkrankheiten* hervorrufen würde. Der Alte sieht nicht so aus, als ob er uns verstanden hätte, aber er nickt willig und das reicht uns erstmal, um ressourcenschonend und investitionssensibel weiterzufahren.

Der Gig später am Abend schließlich gerät zu einer großen Pleite. Gerade mal zehn zahlende Gäste sind aufgelaufen, von denen vier eigentlich nur Bier in ihrer Stammkneipe trinken wollen. Die

„Krachmacher da auf der Bühne" sind störendes Beiwerk, ganz klar, und sollen sich doch verpissen. Selbstverständlich triggert das den Überzeugungstäter in uns und wie beim ersten Mal im Proberaum spielen wir auf wie junge Götter, deren magischer Minnesang ganze Busladungen voller Groupies in seinen Bann zieht. Zwei der zehn Besucher gehen daraufhin mit Dönermessern auf uns los, und wir stürzen geschlossen zum Hinterausgang, wo unser albanisches Tag-Team mit Teleskopschlagstöcken wartet.

Auf die südöstliche Art wird jetzt bumsfidel abgerechnet und am Ende hebeln sie mit Schwung die Goldzähne aus den winselnden Mündern. Vor der Abfahrt kaufen wir in einem Akt der Nächstenliebe von einem kleinen, dunkelhäutigen Jungen aus einer bildungsfernen Familie noch ein Schachspiel, das dieser mit geschickten Fingern aus Liebe und Dung zusammengeknetet hat. Anstelle der klassischen Figuren zeigt es große Staatsmänner, der findige Bube hat Bismarck, Reagan, Berlusconi und Robert Mugabe zum Leben erweckt, und seine kunstfertige Umsetzung in Kombination mit den flehenden Gesten hat unsere Herzen erweicht.

Zum Abschluss empfehlen wir ihm die baldige Bewerbung bei DSDS, hängen Wunderbäumchen an unseren Rückspiegel und desinfizieren die Hände sehr gründlich.

*

Tags drauf ist Düsseldorf an der Reihe, ein Kino namens „Bambi" will sexy bespielt werden. Wir sind zu früh und lernen die Interessengemeinschaft *Mondo Bizarr* kennen, einen Privatclub, der sich cineastischen Meisterwerken verschrieben hat und mit diesen bei seinen ausgesuchten Gästen zur regelmäßigen Bewusstseinserweiterung beiträgt.

Heute Nachmittag geben sie im Kinderprogramm den noch immer bundesweit beschlagnahmten 1979er Horrorzossen „Sado – Stoß das Tor zur Hölle auf", und wir sind hellauf begeistert. Weil hier Kenner am Werk sind und der Regisseur Aristide Massaccesi alias Joe D'Amato auch unsere Jugend schon mit dem Meisterwerk „Maneater" versüßt hat, covern wir heute Abend den kompletten Soundtrack von William Friedkins 1980er Klassiker „Cruising", interpretieren also eine musikalische Höchstleistung.

Da die Zuschauer für Delikatessen dieser Art heute naturgemäß besonders empfänglich sind, gerät die Veranstaltung zum siedend heißen Love-in. Es kommt zu einer schweißnassen Kollektivabreibung, deren vielstimmiges Stöhnen allein vom heiseren Brüllen des Rock & Roll-Bulldozers übertönt wird, den wir mit Vollgas & von Herzen in die empfängnisbereiten Dosen hineinlenken.

In den frühen Morgenstunden taumeln wir Arm in Arm über die Königsallee, beurteilen Handtaschen vor dem Gucci-Schaufenster und betrachten pünktlich zum Sonnenaufgang kapitale Karpfen, die wie stumpfe Männeroberschenkel reglos im Kö-Graben liegen und ergeben auf ihren großen Tag warten.

*

Der heutige Gig im Potsdamer „Café Frohsinn“ wird immer unwahrscheinlicher, weil mehrere Hundert Klimaretter den Straßenverkehr durch eine Sitzblockade zum Erliegen bringen. Die Vorhut hält es für clever, ohne Umschweife oder Anmeldung entschlossen auf der A2 Platz zu nehmen, was naturgemäß zur raschen Dezimierung aller Beteiligten führt.

Nachdem eine Kolonne verschlafener Fahrer ihre Sattelschlepper passgenau mit Herz und Schmackes in das engagierte Sit-In hineinsteuert, ist das Geschrei trotz eingehaltener Geschwindigkeitsbegrenzung groß. Die mit schwarzen Großbuchstaben bemalten Transparente sehen jetzt aus, als hätte Picasso ihnen mit Kadmiumrot zu neuem Leben verholfen, was man von den flächendeckend auf dem Asphalt verteilten Vollmilch-Pausenposten nicht behaupten kann.

Bevor wir im ellenlangen Stau den Campingkocher auspacken, beschließen wir feierlich, unsererseits einen Beitrag zur Klimarettung zu leisten. Rapp-zapp ist das Equipment aufgebaut und die Unplugged-Session in vollem Gang. Während sich die Rettungsgasse nun mit Hunderten ekstatischer Fans füllt, explodieren im Netz unsere Beliebtheitswerte. „Trotz Verlusten“, heißt es da, „lassen sich die überaus engagierten Retter der Welt nicht unterkriegen“, und wir begrüßen diese realistische Einschätzung der Weltpresse mit einer Beatles-Coverversion von „Mother Nature’s Son“.

Wie zu erwarten prasseln die mit Scheiße gefüllten Schlüpfer wie Wanderfalken im Sturzflug auf uns nieder, und zur Krönung des Tages servieren wir den allerorts aufgestellten Bildnissen von Greta Thunberg unser Ejakulat in fein geschnitzten Specksteinschalen als Trankopfer. Im Anschluss schickt Potsdam auf Geheiß der Kanzlerin einen Satz Helikopter, um uns mitsamt der Ausrüstung doch noch zum Gig zu bringen, der aber vor dem Hintergrund unserer bisherigen Glanzleistung zum blassen Nebenschauplatz verkommt.

Vereinzelt schubsen sich ein paar Punk-Rotzlöffel halbherzig im Takt zu unseren Liedern herum, und auch unsere geschwächten Makrelen verfehlen backstage den Schoß des Matriarchats. Unterm Strich jedoch ist alles im Lack, einmal mehr haben wir der Welt gezeigt, dass es für die ganz große Bühne eben doch mehr braucht als Doppelmoral und dümmliches Kampfgeschrei.

*

Tags drauf ist Tübingen fällig, wo wir in der „Bunkerschelle" auftreten sollen. Mit angewiderten Mienen sehen uns zwei Dutzend studentische Hilfskräfte beim Aufbau zu, danach serviert man uns feixend ein im Verfall begriffenes veganes Resteessen. Stecknadelkopfgroße Schimmelkrönchen zieren die Hirselandschaft, und wir sehen einander an und beschließen stillschweigend, dass an den lächelnden Königsspinnern vis-à-vis heute noch ein Exempel statuiert werden möchte. Bevor der im Bandbus mit dem Bodenblech verschraubte und mit Plastik bezogene Kackstuhl zum Einsatz kommt, will allerdings noch etwas Zeit vertrödelt werden.

Kurzerhand machen wir uns auf, in der Tübinger Innenstadt nach argentinischen Rindersteaks zu suchen, aber Fortuna meint es nicht gut mit uns. Wir landen inmitten vier konkurrierender Demonstrationen mit Trillerpfeifen, Geschrei, Pflastersteinen und „Nicht ins Gesicht, ich trage eine Brille"-Rufen.

Die einen wollen das Abendland vor der Islamisierung schützen, die anderen protestieren gegen Ländergrenzen im Allgemeinen, die dritten sind dagegen, dass Strafgefangene und Psychiatriepatienten in den USA mit nicht vegetarischem Essen zwangsernährt werden und die vierte Fraktion kämpft dafür, dass gehirnamputierte Flamencotänzer mit BDSM-Faible einen Quotenanteil im öffentlichen Dienst haben sollten. Für einen Augenblick denken wir unisono, wir hätten unsere Medikation vergessen, aber es ist die Realität. Einzig ein beistehender, in Tränen aufgelöster Greis scheint ebenfalls irritiert zu sein, und Lutscher Bumsfeld gibt sich human und bietet dem Alten eine Zigarette an.

„Aber das ist ja Hermann!", brüllt er plötzlich, und wir zucken zusammen und drehen die Köpfe. Mit weit aufgerissenen Augen hinter der Nickelbrille starrt uns der Alte erschrocken an. „Scheiß die Wand an, Hermann Hesse", ruft Lutscher Bumsfeld mit triumphierenden Seitenblick, und der Alte bedeutet mit hastigen Gesten, wir sollten bloß still sein.

„Jetzt haltet doch die Schnauze", zischt Hermann, „es ist eh schon alles schlimm genug." „Mensch Hermann, wir dachten alle, du seist tot", ruft Fränky, „schreibst du denn noch?" „Ja", flüstert Hermann, „aber ich finde keinen Verlag mehr." „Das ist ein gottverdammter Jammer“, kommentiert Fränky, und Andyboy verweist auf Selfpublishing, auch Book on demand sei doch möglich.

„Ach Kinder“, sagt Hermann, „ich bin jetzt 141 Jahre alt. Ich habe doch nicht mehr lang. Und überhaupt – seht euch doch um! Es scheint, als müsse Deutschland erst wieder durch ein tiefes Tal der Tränen gehen, um sich zu besinnen. Uns geht's doch zu gut. Wir haben doch jedes Gefühl dafür verloren, was wesentlich ist!“

„Stimmt genau“, ruft Kimme Konzen voller Anerkennung, „das ist der Wahnsinn, der in das existenzielle Vakuum hineinwuchert!“ „Na“, sagt Hermann, „das hast du aber bei Viktor Frankl geklaut!“ „Nicht ganz“, kontert Kimme schnell, „Frankl sprach nicht vom Wahnsinn, sondern von der sexuellen Libido.“ Hermann schüttelt den Kopf. „Ach Jungchen! Ist heutzutage doch ein und dasselbe, oder?“

Jetzt ist Kimme sprachlos und Lutscher Bumsfeld tritt ihm vors Schienbein. „Respekt, Bruder, wo ist dein Scheißrespekt?“, setzt Fränky hinzu, und Andyboy nickt langsam und genießerisch mit geschlossenen Augen, als würde er das Gehörte im Geiste ordentlich durchkauen und für *sehr schmackhaft* befinden.

Wir verabschieden uns herzlich und versprechen Hermann abschließend, fortan regelmäßig zu meditieren, aber bevor wir damit beginnen, steht leider noch ein Auftritt an.

In der Bunkerschelle haben sich in der Zwischenzeit Demonstranten aus allen Lagern eingefunden, die sich entweder vor dem Laden auf die Fresse hauen oder drinnen erhitzte Diskussionen liefern. Wir sind erstaunt, dass Letzteres in Zeiten zwischen sprachlicher Verrohung und Tabuisierung überhaupt noch möglich ist, und drehen die Marshalls extra auf eineinhalb, damit die Beteiligten nicht gestört werden.

Irgendwann wird uns das alles aber zu blöd, und wir drehen die Marshalls auf 157 und öffnen unsere vaselineverkrusteten Hustler-Holster, damit auch die geräucherten Muränen ihr existenzielles Vakuum endlich verlassen können. Die vom Zorn purpurrot gemalten Gesichter des Auditoriums bescheinigen uns die Richtigkeit unseres Handelns und wir legen frohen Mutes noch eine Schippe drauf, auf dass die holden Klänge bei den eifernden Wirrköpfen zur endlichen Ernüchterung beitragen mögen.

Zu guter Letzt erinnern wir uns noch an die Hirsemahlzeit jenseits der Haltbarkeit, aber dank Hermanns Humanintervention sehen wir von der Folterung der Verantwortlichen ab und beschließen den Abend mit der Verlesung von Amnesty Internationals Jahresbericht. „Aber was ist mit dem Tierschutz?“, brüllt eine Mutter aus der Menge, und wir winken ab, es hat doch alles keinen Zweck.

*

Nach einer ultrabrutal langen Fahrt mit Stau-Gau erreichen wir Kiel, wo wir im „Café Zentral“ für Kembra Pfahler und „The Voluptuous Horror of Karen Black“ eröffnen dürfen.

Wir werden der großen Ehre gerecht, indem wir zur Einstimmung des handverlesenen Publikums unsererseits eine Vorgruppe engagieren. Es handelt sich um ein berühmt-berüchtigtes Trio leprakranker Stripperinnen im Endstadium, den „Espírito Santo Sisters“ aus Bahia, Brasilien. Durch die Erschütterungen der Tanzschritte fallen die begehrten Titten und Arschbacken direkt ins Publikum, und der Abend gerät zum kunterbunten Karneval mit üppiger Fleischzulage. Vor der finalen Auflösung ziehen die in Ekstase begriffenen Schwestern aber noch ein zünftiges Candomblé-Ritual ab, an dessen Ende ein Dutzend frisch geköpfter Hühner durch den Saal flattert. Die wild im Luftraum umherirrenden Torsi befördern im Arterientakt ein feines Netz von Blutstropfen auf die Häupter der Anwesenden, der Mob quittiert es mit frenetischem Jubel.

Nun, da alle Welt in die Farbe der Liebe getaucht ist, leisten auch wir unseren Beitrag zur Völkerverständigung und kaufen der ebenfalls anwesenden Miss Kiel eine Portion Sprotten ab, die sie frisch unter ihrem Trachtenrock gebiert und in farbenfroher Tupperware feilbietet. Ein Arschloch von der Fake-News-Front filmt das Ganze, nickt dazu süffisant und gibt uns zu verstehen, dass ihm unsere Konzession an die Multi-Kulti-Bewegung für eine positive Rezi nicht reicht, es hätte schon ein Inder mit Tikka-Masala oder wenigstens ein ordentlicher Türke mit Döner sein müssen. Bevor wir seine Halsschlagader mit unserem Krummsäbel durchtrennen können, rufen die Bretter, die die Welt bedeuten und wir entern die Bühne wie Staatsmänner kurz vor der Vereidigung.

Fränkys faltiger Fritz steht unmittelbar vor der Ejakulation, und auch Lutscher Bumsfeld ist längst einsatzbereit. Kimme

Konzen zählt an und wir eröffnen die Show mit einer 180 Beats-per-minute-Version von „Search & Destroy".

Ein aggressiver Dicker mit Preisplauze übt sich im Stagediving und bricht einem zarten Teenager beim Touchdown beide Beine, es knackt im Takt. Der gleiche Dicke kehrt zurück und beginnt zu posieren, reißt das windsegelgroße T-Shirt aus dem Hosenlatz und präsentiert seine Fettschürze, die wie ein unmoralisches Angebot zweieinhalb Meter nach unten schwappt und uns den Anblick seines Schnöterköters im Cinemascope-Format erspart.

Mit vereinten Kräften schubsen wir ihn über die Klippe, wo er im Bühnengraben weitere Groupies unter sich begräbt, freilich nicht, ohne abschließend Pluspunkte zu sammeln: Aus der Hautfalte zwischen Titte und Wanst löst sich eine Reclamausgabe von Marc Aurels „Selbstbetrachtungen". Wir goutieren das Highlight mit Rex Gildos „Fiesta Mexikana" und treten ab, bevor nur noch der Selbstmord als akzeptable Lösung in Frage kommt.

*

Heute Abend ist Berlin-Kreuzberg fällig, wo wir im so genannten „Alternativen spirituellen Zentrum" zum Kehraus geladen sind. Bevor wir zum Zuge kommen, erleben wir hautnah einen selbst ernannten Meister, der seinen emsig suchenden Anhängern auf eben jener Bühne, die wir zu bespielen gedenken, von seinem „Weg ins neue Leben" berichtet hat.

Es ist die Abschlussveranstaltung, und wie geprügelte Hunde sitzen die Jünger in den Ecken, in Lumpen und verschmutzte

Decken gehüllt, die Köpfe in die Hände gestützt. Der Meister, ein in Essen-Rüttenscheid geborener Hartz-4-Empfänger, hockt in oranger Kluft im Schneidersitz da, die Augen halb geschlossen, mit bewegtem Mund, die Lippen geschürzt, in langsamer Mümmelbewegung begriffen.

Im nun folgenden Interview durch die zahlreich anwesende internationale Presse versuchen seine Follower bemüht, den kargen und entbehrungsreichen Aufenthalt irgendwie schönzureden, denn die bezahlte Kursgebühr in Höhe von 300 Euro pro Nase und Nachmittag will gerechtfertigt sein und keiner steht gern als bekennender Idiot da. Noch ganz benommen von der Meditation wird allerhand dahergestammelt, man ist bemüht, dem inneren Kind eine plausible Geschichte zu erzählen.

„Schpirituell habe ich viel mitgenommen", sagt ein Langzeitstudent, „und als nächstes geht's nach Kina, auf Pilgerfahrt." „Diesmal sind mir die Beine dauernd eingeschlafen", konstatiert eine alte Jungfer, der Meister pariert: „Solang es nicht der Kopf ist", gefolgt von schallendem Gelächter.

Lutscher Bumsfeld reißt der Geduldsfaden. „Allright, ihr Penner", setzt er an, „ihr habt jetzt zwei Minuten, um euch alle zu verpissen, sonst setzt es was." Der Meister versteht die Zeichen der Zeit sofort und schickt sich an, mit der Kollekte den Hinterausgang zu nehmen. Die Jünger hingegen sind nicht so helle und meinen, ihre im Grundgesetz verankerten Menschenrechte einfordern zu müssen.

Für manche der Beteiligten endet dieser forsche Vorstoß mit Tränen, denn Kimme Konzen verteilt nun inbrünstig Ohrfeigen.

Spielend leicht reißen die in Bali gekauften Hängeohrringe der trotzigen Empfänger Slash Innen Slash Sternchen Slash Kreuzchen aus den tauben Ohren, und die hysterisch empörten Stimmchen klingeln wie Kleingeld auf dünnem Glas. Immerhin werden die so arg Gebeutelten dann doch noch erhört, denn wir erlassen ihnen den Eintritt für unsere Show.

Diese gerät zur infernalischen Rock & Roll-Stampede, und nicht wenige der vormals verzagten Sinnsucher konvertieren dankbar zum einzig wahren Glauben. Andyboys Riffs wummern wie einst die Alliierten, Kimme Konzens Trommelwirbel gemahnen an das Stakkato Tausender AK47 und Lutscher Bumsfelds Bassläufe massieren die Zwerchfelle wie eine Armada vierschrötiger Thaigirls. Die Jünger schwelgen und saugen das Evangelium auf wie zundertrockenes Löschpapier, die Chicks sind nass und die Typen halten die Fresse.

Wir sind großzügig und schenken brutalst nach, auf dass im Gehirnkästchen aller Anwesenden auch nach dem Auftritt noch rege Aktivität herrschen möge.

*

In der folgenden Nacht kommt es zu gewaltsamen Zusammenstößen mit der Polizei, an die sich nach unserer Zwangseinweisung in die Psychiatrie nur noch Fränky erinnern kann.

„Wir haben“, so seine Schilderung, „nach dem Konsum verunreinigter Drogen zunächst zerebrale Krampfanfälle in der Fußgängerzone erlitten, danach randaliert und uns im Anschluss der

Verhaftung wiedersetzt." Lutscher Bumsfeld winkt entnervt ab, hält sich aber bedeckt, weil unser enger Tourplan keinen längeren Aufenthalt erlaubt und daher Compliance geboten ist.

Trotz guter Führung werden es immerhin volle drei Tage, in denen uns eindrucksvoll vorgeführt wird, welch wundervolle Blüten Gott abseits der Hauptstraßen kreiert hat. Wir sind nicht die einzigen Promis auf der Station. Da drüben ist Ulla, die knapp siebzigjährige Ex-Journalistin, die soeben ein Tablett mit einer Sonderration Aufschnitt an uns vorbeibugsiert.

„Seht ihr", ruft sie angriffslustig in den Saal, die Messingplatte dabei beidhändig nach oben gereckt, „so hat man auch als Alkoholiker noch eine *tragende Rolle*!"

In der Ecke sitzt Joop, ihr Lover, Fernfahrerlegende, Mitte fünfzig, der sich nach kurzen Trinkpausen regelmäßig den Spiegel bis knapp über fünf Promille reinhaut, um dann bei drei Promille entzügig zu werden. 72 Stunden liegt er halbtot im Bett, beidseitig Infusionsständer, Haldol links, Distra rechts, ärschlings 500 Milliliter Lactulose mittels Darmrohr reingejagt, noch ein paar Einmalklistiere hinterher, das Ganze für zehn Minuten abgeklemmt, und im Anschluss – voilá –, Krankenpflegers Glücksstunde, macht good ol' Joop in seiner Scheiße den Freischwimmer.

An den darauffolgenden Tagen trifft man ihn auf dem Flur, wo er sich mit seinen von Polyneuropathie befallenen Gliedmaßen zögerlich im Gänsemarsch vorwärtsbewegt. Während bei manchen modebewussten Truckern noch das Logo der Unterwäsche, das keltische Arschgeweih oder das verfilzte Maurerdekolleté aus dem Hosenbund ragen, ist es bei Joop die Windel, ohne die er auf jedem Sitzbezug der Station ebenso unfreiwillig wie zwangsläufig seine ganz persönliche Note hinterlassen würde.

Wir können ihn gut verstehen und leiden mit, denn auch wir haben in unserer Zeit als Vertreter der Subkultur wiederholt feststellen dürfen, dass die Laterne ganz unten immer noch am besten schmeckt.

In Ermangelung einer genügend großen Bühne hängen wir schicksalsergeben und voller Krankheitseinsicht im Aufenthaltsraum herum und lesen die abgegriffenen Illustrierten. Im Horoskop heißt es, Merkur schärfe das Gespür für Schnäppchen, wir sollten shoppen gehen. In der Hoffnung, die aktuelle Ausgabe des Magazins in den Händen zu halten, werfen wir einen Blick aufs Cover und stellen enttäuscht fest, dass es älteren Datums ist.

Während wir dem verhaltenen Geschubber nahebei entnehmen, dass einer unserer Mitpatienten unter dem Schutzschild seiner aufgeschlagenen Tageszeitung onaniert, studieren wir gedankenverloren das Inhaltsverzeichnis einer „Bravo Girl" und fragen zwischendurch den Pfleger, wie viele unterschiedliche DNA-Spuren von Halbbekloppten wie uns wohl ein Kriminalbiologe auf diesem Blatt fände. Bevor dieser antworten kann, wird er auch schon durch das allseits beliebte Notsignal abberufen, weil irgendwo wieder ein Viertelpfund Erdnussbutter aus dem Flokati gekämmt werden möchte. Ja, man hat uns keinen Rosengarten versprochen.

Nachmittags dann zwei Neuzugänge an der Promifront: Eine Ex-Dschungelcampkandidatin mit dicken Teigtaschen, längst zur aus dem Leim gegangenen Rotweinelse verkommen, wird fixiert auf der Bahre hereingetragen, von der aus sie auf alle Umstehenden zeternderweise in einer merkwürdig greinenden Idiotensprache einredet.

Und pünktlich zur Gruppenrunde dann der Hauptgewinn in Gestalt eines berühmt-berüchtigten Wiener Pornoregisseurs namens Xaver Kroetzl. Dieser, so munkelt man, soll sich in der Wiener Unterwelt erst als skrupelloser Knochenbrecher einen Namen gemacht haben und später groß in den erotischen Film eingestiegen sein. Dann hätte Kroetzl allerdings mit dem massiven Rückfall in die Alkoholsucht seinen Abstieg besiegelt und sich zunehmend der Sadomaso-Szene zugewandt. Am Ende war er so bankrott, dass er mit seinem cineastischen Genius nur noch äußerste Randgruppen zu bedienen wusste; dort soll er dann allerdings insbesondere in der *Mit-Pippi-und-Scheiße-Einreibe-Szene* eingeschlagen sein wie eine Abrissbirne. In einschlägigen Magazinen sei er fortan als „Fäkalfreakgott", „Scatkönig" oder „Kaviarbaron" bezeichnet worden.

Er selbst hingegen dementierte jegliches persönliche Interesse an Fetischen solcher Art und gab vielmehr an, bei den Dreharbeiten an seinen Meisterwerken, anders als früher, nunmehr täglich vier statt zwei Flaschen Obstler zu verkosten, einfach, weil sich der Gestank am Set sonst kaum mehr ertragen lasse. Wie man sich unschwer denken kann, war dieses Pensum selbst für ein Kaliber wie Xaver Kroetzl irgendwann zu viel, und so ergab es sich, dass dieser den Rat seines Therapeuten befolgte, um fernab vom Wiener Schmäh schließlich und endlich im deutschen Exil nach Abstinenz zu suchen.

In der folgenden Nacht führen wir in unserem Mehrbettzimmer ein hochinteressantes Gespräch mit dem lieben Herrn Kroetzl. Mit seiner Arbeit als Regisseur ist er durch, zumindest im Hardcorebereich will er sich, so seine Worte, „nie wieder die Finger schmutzig machen“.

„Du, da machst dir ja gar keine Vorstellung, was das für aufwändige Dreharbeiten sind. Da brauchst zu allererst a mal kilometerweis' Malerfolie. Die Sauerei macht dir ja keiner weg, wenn's dann mal wieder ein gemietetes Penthouse voll geschissen hast, ja mei ...“ Wir nicken voller Mitgefühl. „Ja, ja“, sagt Andy, „Idealismus rentiert sich heutzutage nicht mehr“, und Kroetzl winkt gleich ab.

„Ach“, sagt er, „das glaubt dir ja alles gar keiner, wie sehr du da angefeindet wirst, wenn's denn erstmal Pornographie mit Stuhlgang vermengst; des wird von der einschlägigen Presse dann mit den übelsten Schimpfwörtern breitgetreten. Wie tollwütige Hunde zerreissen's dich in der Luft, nageln's dich ans Kreuz mit ihrer Druckerschwärze. Von einer ‚Spezialität für unsere Braunlippen‘ ist dann die Rede, oder von der ‚Hochkonjunktur für Kotkipfelbäcker‘. Dabei sind des *ganz feine Leut'*. Na, meistens jedenfalls.“

„Was heißt hier meistens?“, fragt Fränky, ehrlich erstaunt, und Kroetzl fährt erklärend fort: „Na, wenn's denn halt nicht mehr so fein sind. Die schwarzen Schafe eben. Des geht bei denen dann alles über die Dreharbeiten hinaus, sogar weit hinaus, würde ich sagen, und da kommt man denn zwangsläufig irgendwann an seine Grenz'n. Da muffelt's dann aus der Kleidung den ganzen lieben langen Tag ...“

*

Im Laufe der Nacht sind wir richtig warm geworden mit Xaver. Man versteht sich. Wir alle hatten einst ein größeres Publikum im Auge, aber das Gericht der Tatsachen hat unsere Eingaben abgewiesen. Und jetzt sitzen wir halt hier, im Foltercamp der unbesungenen Helden.

Xaver ist übrigens nicht schwul, aber er hat aus Gründen, die uns noch unbekannt sind, eine starke Abneigung gegenüber dem zarten Geschlecht entwickelt. Eben lehnt er am Fenster des Aufenthaltsraumes, von wo aus er den Eingang der Station für Essgestörte im Blick hat. „Ich traue niemandem, der fünf Tage blutet ohne zu sterben“ sagt er. Im direkten Anschluss schüttelt es ihn plötzlich am ganzen Körper. Lutscher Bumsfeld fragt ihn, was los sei, und Kroetzl rekapituliert Traumatisches vom letzten Drehtag, kurz bevor er unter dem Einfluss von viereinhalb Flaschen Obstler körperlich, seelisch und künstlerisch ganz und gar zusammenbrach.

„Ich krieg' des einfach nicht mehr aus dem Kopf raus“, klagt er händeringend, „diesen Pulk von mit Exkrementen verschmierten Weibern, die sich vor mir auf den Boden schmeißen, bloß weils' ein Folgeengagement haben wollen, Grundgütiger.“ „Tja, man tut eben, was man kann“, erwidert Andy, Schulter klopfend, bereut aber sogleich seine unglückliche Wortwahl.

„Na, eben des ist ja das Fatale“, so Xaver weiter, „ich hab ja *gar nix mehr* machen können, weil ich an dem Tag mittags schon so voll war. Und dann kommens' all diese Horrorgestalten wie durch so eine dichte Nebelbank auf mich zu und langen mich an und ich, ich fall' hintenüber wie gelähmt in diese zur Latrine verkommene Sofalandschaft ..."

*

Weil wir uns gut führen und laut Stationsärztin eine „stabilisierende Wirkung" auf unsere Mitpatienten hätten, dürfen wir am Nachmittag in Begleitung eines Pflegers einen Spaziergang auf dem Gelände machen. Wir treffen ein paar professionelle Säufer vom stillen Typus, Anorak, Schluppen, niedergeschlagener Blick, nach der Entlassung dann Defensivgebaren am Büdchen, Bushaltestelle, den Tag aussitzen und ab und zu das Fischstäbchen in die Landschaft halten.

Auf halber Strecke begegnet uns ein Oberarzt, der sein Handy wie ein Brot vor den Mund hält und ihm lautstark erklärt, dass es „hässliche Menschen" nicht geben würde, ja nie gegeben hätte, sondern nur solche, die „ästhetisch herausfordernd" seien. Aus dem Stehgreif beginnen wir zu applaudieren, weil dem momentan auf allen Ebenen äußerst populären Neusprech zufolge die Dinge eigentlich alle ganz anders sind als sie scheinen oder sich anfühlen. Irgendwie gerechter, besser.

Kimme Konzen gibt zu bedenken, dass sich „unverschuldet verarmte Person" definitiv viel softer anhört als „abgehängtes Prekariat" oder „dreckiger, fauler Penner". Andy nickt eifrig, „Ja", sagt er, „und deine Firma ist nicht etwa *total im Arsch*, nein, sie hat *Verbesserungspotenzial.*" Fränky führt an, dass ein

„sozial verträgliches Frühableben" fraglos eleganter klingt als „zeitiges Verrecken aus Kostenersparnis" und dass „Behinderte" in Wirklichkeit „anderweitig Begabte" sind.

„Jau", ruft Lutscher Bumsfeld, „für einen *mutigen Sozialplan* ist Stellenabbau ein viel zu grobes Wort", und so wie *hässliche Menschen* eigentlich nur *ästhetisch herausfordernd* seien, so sind *Idioten* eigentlich nur *geistig herausfordernd*, *Krieg* eine *Friedensmission* und der *Wegfall sicherer Arbeitsverhältnisse* ist gleichbedeutend mit *Flexibilität*. Kimme Konzen zuckt spastisch und ruft laut, was wir alle denken: „*Freie Marktwirtschaft* ist *Großkonzerndiktatur*, *Feminismus* bedeutet *Frauenbevorzugung*, *männliche Autonomie* heißt *Unfähigkeit zu Nähe und Hingabe* und *Dialogannahme* ist *'ne dreckige Werkstatt*!"

An dieser Stelle greift der Pfleger ein und kündigt an, die Medikation zu erhöhen. Anstatt *Aggressivität* an den Tag zu legen, die eigentlich *Mut* ist, salutieren wir umgehend und üben uns in *Geduld*, die eigentlich *Zeitverschwendung* ist. Jede weitere verbotene Äußerung gefährdet unsere verdiente Entlassung, also lassen wir es gut sein. Schließlich warten jenseits der Anstaltsmauern treue Fans darauf, uns Rimjobs nach Maß zu verpassen und, ach ja, spielen müssen wir ja auch noch.

Später, am Abend vor unserer Entlassung, dann ein großes Wiedersehen auf der Station. Fränky trifft seinen alten Kumpel Joey wieder, den er seit über zwanzig Jahren nicht gesehen hat. Dieser hat sich, Selbstmordgedanken vorschützend, selbst eingewiesen und genießt jetzt mit uns einen Platz an der Sonne, Gratismedikation, beheizte Räume und dreimal täglich Futter frei Haus. Früher haben Fränky und er allerhand Deals gemacht und Tankstellen hochgenommen.

Heute hingegen, so Joey, würde er sich „mit so einem Kleinkram“ nicht mehr abgeben. Ob er jetzt Raubmorde begehen würde, fragt Andy voller Bewunderung, und Joey winkt ab. „Ach, Schwachsinn“, ruft er, „viel besser. Ich habe die Literatur entdeckt.“ Wir tippen auf fortgeschrittene Wernicke-Enzephalitis, denn Joey ist alles, Junkie, Zuhälter, holzgeschnitzter Cowboytyp und ewiger Verlierer, aber kein Schriftsteller.

Wie sich herausstellt, hat er auch kein Buch geschrieben, sondern eines gelesen. „Philipp Schiemann“, kräht Joey, „das ist der Größte!“ Noch ehe wir einschreiten können, zitiert Joey den dubiosen *Schiemann* aus dem Stehgreif. „Station 41, geschlossen“ würde das Gedicht heißen, es sei aus einem Band mit dem Titel „Gnadenlos“. Joey legt los, und wider Erwarten ist sein Vortrag wirklich packend, der Text prägnant und auf den Punkt, und wir staunen.

„Mensch, Joey“, sagt Fränky anerkennend, „Robert de Niro ist ein bisschen wie du“, und Joey nickt, „Ja, das stimmt, das hat mir schon mal jemand gesagt.“ Wir vermerken Autor und Titel ganz oben auf unserer To-do-Liste und bereiten uns auf die Abschiedszeremonie im Stuhlkreis vor. Mit langen Gesichtern und tränenerstickter Stimme wünschen uns die Mitpatienten alles Gute, und wir halten eine kick-ass-mäßige Abschiedsrede, die uns als Wegzehrung eine Depotspritze Risperdal einbringt. Ciao, Bella.

*

Als nächstes ist ein Gig im Düsseldorfer „Line Light" fällig. Die Legende der Achtziger wird von uns reanimiert und die Schlange geht um den halben Block. Unsere Rückkehr zur Bühne gerät gemäß, also triumphal. Wie römische Imperatoren laufen wir gemessenen Schrittes durch ein Spalier von Wartenden, von denen ausgesuchte Exemplare uns güldene Amphoren entgegenhalten, auf dass wir ihnen die Pinkelehre erweisen möchten.

Lutscher Bumsfeld ist so beeindruckt, dass er tatsächlich innehält und seine Forelle Müllerin unter lauten Begeisterungsbekundungen der Umstehenden sprechen lässt. Abschließend schnippt er ein frischgeprägtes 5-Cent-Stück hinterher, und die Köpfe wippen geschlossen nach unten wie angesichts eines ranghohen Mitglieds der Yakuza.

Wie eine Reliquie wird die Münze nun von den ergebenen Fans aus der vollgeschifften Vase gefischt, auf dass das Alphatier unter ihnen sie fortan wie den heiligen Christophorus als Halsschmuck tragen darf. Wir freuen uns über den längst fälligen Respekt, auch dass der Messwein jetzt die Runde macht, und liefern standesgemäß ab. Fränky glänzt wie der junge Michael Jäger, Kimme Konzen drischt auf die Felle ein wie Umm Kulthum beim Teppichschlagen und Andyboy skatet auf seinem Griffbrett zum kollektiven Höhepunkt.

Man verleiht uns den Corneliuspreis und meißelt unsere Namen vor dem Stadttor in XXL-Findlinge aus der Kaiserzeit, auf der Königsallee versenkt man Platinsterne mit unseren Konterfeis im Asphalt und die Presse erklärt uns zu „großen Söhnen der Stadt“. Na also. Ich weiß gar nicht, wo das Scheißproblem ist.

*

Am nächsten Tag ist der „Lederkeller“ in Bonn fällig, endlich mal eine kurze Fahrt und viel Zwischenzeit für Kulturprogramm und Beauty Salon. Lutscher Bumsfeld lässt sich in einer Vietnamesenbude die Fingernägel machen und als er rauskommt, sackt er weg und kotzt ins Gebüsch.

„Du hättest dir eben auch eine von den Gasmasken geben lassen sollen“, sagt Fränky, und „von deren Arbeitseinstellung könntest du dir mal eine Scheibe abschneiden“. Kimme Konzen stimmt lautstark zu und rafft Deutschlands größte Tageszeitung in die Höhe. „Ohne Scheiß“, sagt er, „diese Zuwanderer sind echt zähe Motherfucker, schaut mal hier!“

Staunend lesen wir gemeinsam die Erfolgsgeschichte von 60 Flüchtlingen, die mit einer hölzernen Barke einst voller Zuversicht in Libyen abgelegt haben. Nach ausgiebiger Paddelaktion und einigen energischen Wetterumschwüngen hatten erst Griechenland, dann Italien, Frankreich und Spanien keinen Bock, woraufhin sich unsere Freibeuter der Meere trotz nachlassender Kräfte und Lebensmittelknappheit aufmachten, den Atlantik zu befahren.

Aber Portugal, Irland, Island und Grönland winkten auch ab, also widmete man sich voller Gottvertrauen verstärkt der Fischerei und lebte von Meeresfrüchten, deren Blut immerhin den gröbsten Durst zu stillen vermochte. Als endlich die Labradorsee erreicht war, stellte sogar Kanada auf Durchzug, und vor der Ostküste der USA hatten Flugzeugträger die Hoheitsgewässer abgeriegelt.

Die Hoffnungen konzentrierten sich also auf Kuba und Puerto Rico, aber auch die waren *nicht wirklich* interessiert. In der Zwischenzeit hatten unsere findigen Flüchtlinge den Ehrgeiz großer Pioniere entwickelt, und nachdem Venezuela, Guyana und schließlich das gewaltige Brasilien peinlich berührt abgelehnt hatten, beschloss man, Argentinien und Chile gar nicht erst zu fragen, sondern sogleich den Pazifik zu durchmessen.

Nachdem starke Stürme mit hohem Wellengang unseren Helden das Letzte abverlangt hatten, geriet die Barke in einen kilometergroßen Plastikwirbel, den „Great Pacific Garbage Patch". Mit Hilfe des von der Welt illegal entsorgten Plastikmülls rüsteten sie ihre hölzerne Heimat mit Schwimmern und Hohlkörpern auf, was sie letztlich befähigte, noch viele weitere Tausend Seemeilen zurückzulegen.

Um Tahiti, die Fidschis und die Salomonen vor der Überbevölkerung zu schützen, beschrieb man einen großen Bogen und dann geschah das Unfassbare: In Port Moresby, der Hauptstadt von Papua-Neuguinea, bereitete man unseren tapferen Recken endlich einen gebührenden Empfang. Nicht nur die Einbürgerungsformulare lagen schon bereit, auch die Vertreter von namhaften Ausrüstungsfirmen und Expeditionsmagazinen waren längst vor Ort und rissen sich um exklusive Werbeverträge mit unseren wettergegerbten Helden.

So nahm eine dramatische Geschichte doch noch ein gutes Ende und die einst mittellosen Vertriebenen wurden zu wohlhabenden Immobilienbesitzern und Ikonen der Survivalszene obendrein.

Kimme Konzen lässt die Zeitung sinken und seine Augen blitzen vor Begeisterung. „Supertypen", sagt er, „echt coole Schweine." „Ja", pflichtet Fränky bei, „aber das schaffen nicht alle." „Nee, alle schaffen das nicht", sagt Andyboy und Lutscher Bumsfeld erklärt, dass das ja auch daran liegen würde, dass die so genannte „Prepperszene" seit Jahren voll im Kommen sei.

Einst arglose Bürger würden sich in ihren Vorgärten Atombunker installieren, die, mit Reservefressalien und massig CS-Gas ausgestattet, uneinnehmbare Bastionen gegen all die heimtückischen Angreifer aus dem Orient seien. Man müsse als Flüchtling also nicht nur eine *professionelle Wasserratte* sein, sondern sich zudem mit bunkerbrechenden Raketen auskennen, wenn man die deutsche Made im Speck sauber aus ihrem Gehäuse herausschälen wolle.

„Ich habe gehört, dass da viele Facharbeiter bei sind", merkt Fränky an, und wir nicken geschlossen. „Bei unserem Reformstau in Sachen Bildung stecken die den Mittelschicht-Gutbürger locker in die Tasche", meint Andyboy, und Fränky bringt die Sache auf den Punkt: „Schon vor Christi Geburt waren das doch alles Gelehrte, berühmte Ärzte, Philosophen und Schöngeister, während wir noch nasebohrender Weise in unseren vollgeschissenen Höhlen gehaust haben." „Stimmt", meint Kimme, „da haben wir mit unseren eigenen Kütteln gespielt, da waren das schon *Kenner und Könner*."

Von der aufflackernden Hysterie angestachelt schlägt Lutscher Bumsfeld vor, im nahe gelegenen Nato-Shop sicherheitshalber ABC-Schutzanzüge zu kaufen, aber dann fällt ihm siedend heiß ein, dass heute ja noch ein Auftritt ansteht. „Ach ja, der Lederkeller“, ruft Fränky erstaunt, „wir müssen ja noch spielen!“ Die Pläne zur Unterkellerung des Abendlandes werden vorerst verschoben und man begibt sich zum Tatort, um Musikgeschichte zu schreiben.

Wie zu erwarten war, gerät es zum Deluxe-Happening mit Hörsturz, blutigen Nasen und durchgebrezelten Gesangsboxen, manch endorphingesättigter Jünger dient sich als Leibeigener auf Lebenszeit an. Wir selektieren scharf und versammeln nur das Premium-Grade-A-Beef um unsere wachsamen Mötelmänner, und während uns eine Schar Auserwählter die Sahne von der Palme holt, fliegen die mit Scheiße gefüllten Schlüpfer in V-Formationen wie Kraniche auf ihrem Weg ins Paradies.

*

„Der Islamist grinste und schlug mir mein I-Pad aus der Hand. Es fiel auf den steinigen Boden. Ich war erstaunt, weil er in Kauf nahm, dass es kaputtgehen würde. Ich hatte fest damit gerechnet, dass er es gleich an sich nimmt. Diese stinkenden Kameltreiber wollen für gewöhnlich alles haben, was ihnen unter ihresgleichen mehr Ansehen verschafft. Und wer könnte als zu melkende Kuh besser passen als einer, der aus dem Westen kommt, dazu unbewaffnet? Nein, nein. Beim nächsten Mal komme ich mit

Eskorte. Ich schwanke noch zwischen Profis von uns oder ein paar ausgedienten eingeborenen Ex-Militärs. Unsere Jungs sind unbedingt loyal, aber sie kennen weder die Gegend noch die Urwaldsprachen, mit denen die Guffen sich dort verständigen. Die Jungs von drüben dagegen haben den Vorteil, dass sie ihre Pappenheimer und die Dschungelpisten genau kennen. Wenn sie gut bezahlt werden, machen sie alles. Die können schnell brutal werden, das gefällt mir. Da verkriechen sich die Turbanträger gleich wieder in ihre voll geschissenen Höhlen, wie es sich gehört. Und die stinkenden Horden, die einem allerorten die Almosen abpressen wollen, versuchen es gar nicht erst."

Kevin warf Christian einen vielsagenden Blick zu und grinste breit. Für Christian war es schwer zu sagen, ob die Erfahrungen seines Bruders in Nigeria wirklich so dramatisch waren, wie er es schilderte. Sein wütender Rassismus fiel Christian hingegen deutlicher auf als sonst. Kevin ließ keine Gelegenheit aus, seiner Fremdenfeindlichkeit Ausdruck zu verleihen; Christian konnte sich nicht erklären, was diese Steigerung seit ihrem letzten Treffen verursacht haben mochte. Er, der in der Berliner Heimat gerne beim Gemüsetürken in Kreuzberg einkaufte, in seiner Junggesellenbude Räucherstäbchen aus Nepal abbrannte und gelegentlich mit einer deutsch-japanischen Freundin aus Studententagen Sushi essen ging, hatte es längst aufgegeben, seinen Bruder diesbezüglich ändern zu wollen. Trotzdem ärgerte ihn das Selbstverständnis, mit dem Kevin ihm seine Verachtung jedes Mal aufs Neue zumutete. Solange sie alleine waren, konnte er mit einer Mischung aus Empörung, Ekel und Schmunzeln darüber hinwegsehen; in

Gegenwart anderer schämte er sich für ihn. Auf die Gefahr hin, eine weitere Lawine loszutreten, entschied er sich spontan, Kevin Kontra zu geben. Schweigen war vielleicht einfacher, aber weder moralisch noch politisch korrekt.

„Was ist wieder passiert, dass du so einen Hass schiebst? Du bist doch in einer privilegierten Position, du leidest weder Hunger noch musst du dir um die Zukunft Sorgen machen. Wir haben auch bei uns Gebiete mit besonderem Entwicklungsbedarf. Da musst du nicht erst Europa verlassen. In Neukölln-Nord kann dir auch das Handy geklaut werden, und dazu müssen auch nicht extra Menschen mit Migrationshintergrund her."

„Da hast du recht", erwiderte Kevin. „Einem meiner Angestellten wurde letzte Woche auf der Leipziger Pegida-Demonstration die Geldbörse von einem linken Autonomen abgenommen. Blonde Haare, weiße Haut, akzentfreies Deutsch und drum herum noch ein Palästinensertuch. Da will man doch kotzen, oder?"

„Na siehst du. Es sind nicht immer nur die anderen. Das, was ihr da mit euren Ölgeschäften in Afrika betreibt, ist doch noch viel krummer. Nur eben nicht so offensichtlich. Da werden dann nicht Einzelne, sondern gleich ganze Länder und Völker ihrer Existenzgrundlagen beraubt."

Kevin warf Christian einen verächtlichen Blick zu. Mit einer Geste der Geringschätzigkeit winkte er ab.

„Spar dir deine Plattitüden. Die freie Marktwirtschaft hat Gesetze, die lange vor unserer Geburt bereits feststanden. Dasselbe gilt für die Demokratie. Wenn dir Diktaturen, Monarchen, Militär-regierungen und dein Scheiß-Sozialismus, diese Kommischeiße,

KILLROY-Künstlerroman
Torsten van de Sand – Robertos endlose Reise

Was wäre geschehen, wenn Bob Dylan nicht im 20./21. Jahrhundert gelebt hätte, sondern im Italien der Renaissance?

Robertos endlose Reise erzählt die Geschichte des Sängers Roberto di Lane, der 1478 wie aus dem Nichts in Florenz auftaucht und aufgrund seiner kraftvollen, originellen Lieder schnell bekannt wird. Er begegnet den Großen der Renaissance und befreundet sich mit Botticelli, Michelangelo und Leonardo da Vinci. Er findet den Ruhm, den er sich ersehnt, und droht daran zu scheitern.

Auf seinen Reisen ist er stets in Gefahr, ein Spielball politischer Machtkämpfe zu werden. Angetrieben von seinem kreativen Genius und der Suche nach Grenzerweiterungen, findet er einen Weg, seine Kunst zu leben. Diese führt ihn kreuz und quer durch Italien. Vor dem Hintergrund einer Zeit des Wandels entfaltet sich ein imposantes Renaissance-Roadmovie.

»Nichts ist neu. Alles kehrt wieder seit Tausenden von Jahren.«

KILLROY media®

www.killroy-media.de

Torsten van de Sand
Robertos endlose Reise
Künstlerroman
584 Seiten gebunden,
28,00 €
ISBN 978-3-931140-44-1

lieber sind, dann ist das deine Angelegenheit. Wenn du in diesem Leben aber irgendwann noch mal den Absprung aus deiner Sozialarbeiterwelt schaffen und in der Realität ankommen willst, dann solltest du langsam mal aufwachen. Lies doch mal ‚Der Fürst‘ von Machiavelli, der kann dir die Theorie besser erklären als dieser Freund von dir, dieser Cordhosen-Hampel, dieser grüne Fraktionsvorsitzende. Ich erinnere dich an früher, als du mit deinem sorgfältig gefärbten Irokesen die Mercedessterne abgerissen hast in der Annahme, die Welt zu verbessern: So habt ihr für einen echten Kassenschlager in der Ersatzteilbranche gesorgt und sonst gar nichts, vom berechtigten Ärger einzelner Freunde guter deutscher Wertarbeit mal abgesehen. Muss ich jetzt noch was zu deiner rosaroten Verklärung von Graffitisprayern und Straßenräubern sagen? Ist das nötig?“

Christians Stimmung verfinsterte sich. Diplomierte Sozialarbeiter wuchsen nicht auf Bäumen, aber davon hatte sein Raubritterbruder nicht den leisesten Schimmer. Er wusste nichts von den Nöten der Suchtkranken, der misshandelten Frauen und Kinder, der Obdachlosen, der psychisch Kranken, der Alten, der Behinderten, der Waisen oder der Asylsuchenden. Wozu auch? In seinen Augen waren das alles Minderbemittelte, Mitesser, Menschenmüll.

Kevin grinste spöttisch, warf seinem Bruder einen kurzen, prüfenden Seitenblick zu und schlug ihm mit einer versöhnlichen Geste auf die Schulter. „Was ist los, Bruderherz? Hat’s dir die Sprache verschlagen? War ich zu hart zu dir?“

„Deine Sprüche sind mal wieder echt widerlich. Das Ekelhafteste an dir ist diese allseits und permanent offen zur Schau getragene Alphatier-Siegermentalität. Du glaubst, der Erfolg gibt dir Recht, aber das ist Schwachsinn. Erfolg allein gibt erstmal niemandem Recht. Guck dir Hitler an. Der hatte auch Erfolg. Du vergisst nur allzu gerne, dass du von Anfang an viel Glück gehabt hast, bei der Kohle, die unser alter Herr in dich reingesteckt hat."

„Ach komm." Kevin winkte ab. „Du bist doch nur neidisch, weil er an mir hatte, was ihm an dir fehlte. Deine ganze Laufbahn gründet sich doch auf das Trauma des Zukurzgekommenen. Wo kommt dein Robin-Hood-Komplex denn sonst her?"

Christian zog die Mundwinkel nach unten und kniff die Augen zu schmalen Schlitzen zusammen. Kevin hatte einen wunden Punkt getroffen. Sich in einer Familie von rücksichtslosen Emporkömmlingen für die Belange der Armen, Schwachen und Entrechteten zu interessieren, schickte sich nicht. Und die Rebellion gegen die Alten und ihre Werte gar zum Beruf zu machen, schon gar nicht. Während Kevin im Fahrwasser der Vorfahren schwamm und sich von Anfang an für Betriebswirtschaft, strategisches Management und Aktienkurse interessiert hatte, war Christian Student der Sozialpädagogik geworden. „Jeder ist seines Glückes Schmied", hatte es zu Hause immer geheißen, und „Jeder hat dieselben Chancen, aber nicht jeder hat den Willen und das Rückgrat, sie zu nutzen." Christian, der sich weder für Rohstoffhandel, Immobilienspekulation, Investmentbanking noch für andere Arten heimischer Interessen je hatte begeistern können, waren diese Sprüche zuwider. Er hatte an seiner Umwelt stets abgelesen, dass *eben nicht* jeder die gleichen Chancen hatte, dass, ganz im Gegenteil, die spezifische Lebenslage des

Individuums in ihrer Wechselbeziehung zur sozialen Umwelt Probleme mit sich bringen konnte, die den gesamten Lebenslauf und das damit verbundene Schicksal gravierend beeinflussten. Diese Unterschiede zwischen den Menschen zu verringern statt zu vergrößern, sie zu bekämpfen und nach Möglichkeit auszugleichen, das war es, was in Christians Augen Sinn im Leben machte. Das war ein Posten, auf den er sich jederzeit berufen konnte, eine unbequeme Wahrheit, die er seinem Bruder immer wieder gerne entgegenhielt.

„Wer von Kindes Beinen an benachteiligt ist, dem muss Hilfe zuteilwerden, denn alles andere ist nicht nur ungerecht, sondern unmenschlich. Wenn alle immer nur ans Geld denken, macht das Leben keinen Sinn."

Kevin lachte laut auf. „Sinn, mein Lieber", setzte er an, „ist der Pfeil, der über deinen geistigen Horizont hinaus in die Zukunft zeigt. Ich verspreche dir: Du kannst dir deinen Humanitätszirkus nur exakt so lange leisten, wie es Leute wie mich gibt, die ihn finanzieren. Hast du schon mal darüber nachgedacht, wie viel Dollars erst Leute wie Bill Gates oder Warren Buffett täglich für wohltätige Zwecke ausgeben? Das geht in die Milliarden! Und solche Leute passen in dein Feindbild-Schema doch bestens rein, oder etwa nicht?"

Christian winkte spöttisch ab. „Ich bitte dich. Was habt ihr, du und unser Vater, denn schon für gute Zwecke gestiftet bisher? Keinen Cent, soweit ich das beurteilen kann. Und komm mir bloß nicht mit den Steuern! Wenn dir die Steuerabgabe nicht vom Sozialstaat verordnet würde, wäre doch das letzte, was dir einfiele, sie aus Gründen der Menschlichkeit freiwillig für Notleidende zu spenden, nicht wahr?"

„Für Notleidende", äffte Kevin seinen Bruder nach, „dass ich nicht lache. Von welchen Notleidenden reden wir denn hier? Die einzigen, die mir dazu einfallen, sind die Alten, die ein Leben lang gearbeitet haben und jetzt von deinem Sozialstaat um ihre Rente betrogen werden. Aber ich glaube nicht, dass du ausgerechnet an die gedacht hast, denn wenn es nach dir geht, sollten die Deutschen ja sowieso aussterben, nicht? Du würdest doch viel lieber die ganze Welt retten, dich in Lampedusa hinstellen, jedem Bootsflüchtling das Begrüßungsgeld und den Diplomatenpass persönlich überreichen, oder? *Sozialarbeiter*, wenn ich das schon höre! Fixerstuben, betreutes Trinken, führ' diesen Arschlöchern doch lieber die Hand, wenn sie sich den goldenen Schuss setzen!"

Kevins Stimmung kippte, sein Gesicht war rot angelaufen und er lockerte seinen Hemdskragen.

Christian konnte sich ein Schmunzeln nicht verkneifen. Für gewöhnlich war er es, den die Gespräche in Wut versetzten, aber zu seiner eigenen Verwunderung reagierte er diesmal etwas gelassener. Er führte das auf die Verärgerung seines Bruders zurück, die er genoss. Oft genug hatte ihn dessen Mischung aus reaktionärem Gerede und Geringschätzigkeit in die Defensive getrieben. Heute schien sich das die Waage zu halten.

„Aber Brüderchen. Warum denn so negativ?"

„Ach, Christian, komm. Lass uns lieber aufhören damit. Diese Gespräche führen zu nichts als unnötiger Aufregung. Wenn ich eines Tages einen Herzinfarkt kriege, dann ist es Typen wie dir zu verdanken, die mit Mitte dreißig nach 26 Semestern ihren Studienabschluss schaffen, um anschließend bis ins Greisenalter kleine Stofftiere am Rucksack tragen. Die ganze Sozialbranche ist doch nur erfunden worden, damit du nicht selbst auf der Straße landest. Dein bester Klient bist doch du allein! Du wärst gar nicht lebensfähig ohne die ganzen Schmarotzer, die sich von dir beim Behördengang an die Hand nehmen lassen."

„Ist klar." Christian, der eigentlich schon eine passende Antwort parat hatte, hielt inne. Schlagartig erinnerte ihn die letzte Bemerkung seines Bruders an den unangenehmen Körpergeruch eines Klienten, den er am Vortag zu seinem Termin in die Agentur für Arbeit begleitet hatte. Bei Psychosepatienten kam ebenso wie bei depressiven Zustandsbildern häufig die Hygiene viel zu kurz. Im stationären Rahmen hatten die Pflegekräfte das im Blick; bei ambulant betreuten Klienten mit eigenem Wohnraum hingegen schlug einem oft schon beim Erstkontakt ein käsig-säuerlicher Geruch entgegen. Gestern hatte sich Christian aufgrund des heftig empfundenen Ekels vor seinem Klienten mitten im Gespräch mit Klient und Sachbearbeiterin entschuldigt, um sich auf der öffentlichen Toilette des Jobcenters zu erbrechen. So etwas war noch nie vorgekommen. Körperlich ging es ihm danach bedeutend besser, aber er war sehr erschrocken gewesen über seine unerwartete Abwehrreaktion.

„Was guckst du so betroffen?"

Kevin winkte die Kellnerin heran und orderte ein Bier. Christian nickte ihr zu. „Dasselbe."

„Ach, ich muss gerade an gestern denken. Da habe ich am Vormittag einen Mann zum Amt begleitet, den ich zur ambulanten

Betreuung vier Stunden pro Woche neu rein bekommen habe. Mitte fünfzig, gelernter Maurer und Frührentner, mit Doppeldiagnose. Alkoholabhängigkeit und schizoaffektive Störung. Für einen Trinker war die Wohnung noch in einem relativ ordentlichen Zustand, er selbst hingegen weniger. Ich habe ihm dann zum Abschluss vorsichtig klargemacht, dass ihm ein Bad nicht schaden könnte. Das fiel mir gerade ein, als du von Behördengängen sprachst."

„Gibst du nur Ratschläge oder wäschst du denen dann auch den Pimmel?"

„Du bist ein Arschloch."

„Schon gut, kleiner Scherz. Da kommt unser Bier!"

Die Bedienung, eine groß gewachsene Blonde mit weißem Hemd und schwarzer Schürze, näherte sich mit einem silbernen Tablett, stellte die Getränke ab und lächelte. Die Brüder lächelten zurück. Plötzlich legte sie den Kopf schief und sah Kevin und Christian verführerisch an. Dann griff sie langsam in ihren Ausschnitt. Mit elegantem Schwung förderte sie zwischen ihren Brüsten ein rotes Kuvert zutage.

„Das hier", sagte sie in verschwörerischem Tonfall, „geht aufs Haus." Kevin reagierte als Erster, denn, so ahnte er instinktiv, hier ging was.

„Was ist das?", fragte er. Sie lächelte erneut.

„Das sind Freikarten. Fürs Konzert."

*

Heute Abend spielen wir in Ingolstadt, und wir sind uns einig: Selten sahen wir eine gesichtslosere Ansammlung von Häusern als hier. In dem, was wohl die Innenstadt ist, wartet das nach dem Besitzer benannte italienische Eis-Café „Don Vito“ auf uns, in dessen fensterlosem Keller wir für Exzess und Entfesselung sorgen sollen.

Es fängt gut an und Kimme Konzen verstaucht sich beim Aufbau unseres Sets die Haxen, als er auf dem feucht-vergammelten Teppich ausrutscht und sich dabei die Armani-Jeans ruiniert. Andyboy findet derweil zwischen den verschimmelten Europaletten, die unsere Boxen vor der Bodennässe schützen sollen, einen Klarsichtbeutel mit blutverschmiertem Gebein im XXL-Format.

Darauf angesprochen gibt sich der Inhaber des Ladens ertappt, druckst etwas herum und erklärt dann, leise und konspirativ, es würde sich um *menschliche Oberschenkelknochen* handeln, die für ihn als *Hobby-Mediziner* hochinteressante Studienobjekte seien. Wir nicken und pflichten ihm bei, auch wir hätten backstage schon Hunderte von Teenies im rituellen Rahmen zu Blutwurst verarbeitet, und auch dabei hätten wir in Sachen Physiologie Erkenntnisse von unschätzbarem Wert gewonnen.

Es endet damit, dass wir ein paar private Bildersets expliziten Inhalts austauschen und von Don Vito zum Essen eingeladen werden, was wir selbstverständlich nicht ablehnen können. Aber erst ruft die Pflicht, und unser Auftrag als Teeniebeschaffer für Don Vitos Privatsprechstunde steht nun unter einem guten Stern und will ernstgenommen werden.

Punkt 20:15 Uhr ist es dann auch soweit, die Schlange geht um den halben Block und Don Vitos Bastelkeller platzt aus allen Nähten. Wir bringen eine Hommage an die frühen Dead Boys, spielen „Caught with the meat in your mouth" und machen uns Freunde wie nie zuvor. Im Anschluss an die Signierstunde, in der unsere Forellen mit der Jackson-Pollock-Technik Geschichte in die offenen Mäuler schreiben, folgt der große Kehraus, das Pack wird des Platzes verwiesen und nun endlich steht Don Vitos Spezialitätenbankett nichts mehr im Wege. Es gibt diverse Antipasti, Teenie ai Frutti di Mare und Panna cotta im Großformat, und während wir feist schlemmen, macht so manche denkwürdige Geschichte die Runde.

Am Höhepunkt des Abends stellen wir fest, dass wir sogar einen gemeinsamen Freund haben, nämlich den Selfmade-Millionär Tiger Tchabo Tschang, einen alten Mitstreiter aus unserer Zeit am Londoner Royal College of Music. Um die kläglichen Almosen aufzubessern, die Tiger Tchabo als Student vor Passanten mit seinem Lautenspiel zu generieren pflegte, eröffnete er eines Tages sehr plötzlich mit Geldern aus dubioser Quelle einen Fisch-Pediküre-Salon. Er begann, die zum Einsatz kommenden Schwärme von Saugbarben regelrecht zu mästen, und nachdem sie sich über Monate hinweg an ekzemreichen Altweiberfüßen voller Grind und Schorf sattgefressen hatten, verkaufte er sie – Ironie des Schicksals – an ein bei denselben Altweibern sehr beliebtes Sushirestaurant, was seine Gewinne schnell in schwindelnde Höhen steigen ließ.

„Auf die Rötliche Saugbarbe ist Verlass", pflegte Tchabo Tschang immer verschmitzt zu sagen, und lange Zeit wusste niemand, wovon der Gute überhaupt sprach. Leider ist weder uns noch Don Vito jemals so viel Grips beschieden gewesen, als dass wir auf ähnlich erfolgreiche Ideen für Investment gekommen wären, aber unterm Strich können wir nicht klagen. Satt, ein Dach über dem Kopf, Scharen von sexhungrigen Fans obendrein, was will man mehr?

„Die Abwesenheit von Unglück ist bereits großes Glück", intonieren wir a cappella, und so wird Ingolstadt schlussendlich doch noch zu einer ganz entzückenden Episode auf unserem selbst gewählten Leidensweg als bildende Künstler im Zeitalter der digitalen Sinnkrise. Glückauf!

*

Am Folgetag steht Heidelberg an, wir spielen im „Planet der Affen", einer Milchbar mitten auf dem Campus. Geschwängert von den gestrigen Diskussionen über die Vorbereitungen auf den Weltuntergang beschließen wir, den gelehrigen Akademikerkindern etwas *geheimes Zusatzwissen* mitzugeben. Möge es sie auf dem steinigen Weg zur Doktorwürde vor dem großen Straucheln bewahren und befähigen, mit emporgerecktem Transparent in der Heidelberger Fußgängerzone einen besseren Eindruck zu machen.

Die Rede ist von nichts geringerem als dem *großen Tunnel*, der von Wuppertal-Katernberg bis Moskau reicht und einst von Kaiser Wilhelm dem Zweiten in Auftrag gegeben wurde. Von 1888 bis 1918 wurde da in die Hände gespuckt und gebuddelt, was das Zeug hält, alles nur, damit 100 Jahre später die glorreiche Reichsbürgerbewegung mit Pauken und Trompeten in Russland einfallen kann.

Viel wichtiger als das große Ganze seien bei diesem zur kühnen Eroberung des Ostens ersonnenen Plans allerdings die kleinen Details, von denen naturgemäß keiner etwas wisse, schon gar nicht das Kultusministerium und die für den Inhalt der Schulbücher verantwortlichen Oberen. So habe man bei dem insgesamt 2.350 Kilometer langen Tunnel verständlicherweise neben Verpflegung auch daran denken müssen, all die Arbeiter zwanzig Jahre lang bei Laune zu halten, ganz zu schweigen von den verweichlichten Nachkommen, die dieser Gang in ferner Zukunft unbeschadet zum Siege führen sollte.

Man war deshalb schon früh darauf aus, unterirdisch ganze Kleinstädte zu errichten, in denen zur allgemeinen Triebabfuhr auch Boxringe und Freudenhäuser installiert wurden. Weil der dazu benötigte Platz immer erst aufwendig geschaffen werden musste, hatte man sich an der holländischen Puppenstubenarchitektur orientiert und alles etwas kleiner gehalten.

Auf Dauer habe der Aufenthalt in der Unterwelt daher leider zu Rückgratverkrümmungen geführt, man dürfe also nicht erschrecken, wenn man sich in der heutigen Zeit aufmachen wolle, im Tunnel sein Glück zu suchen. Es sei durchaus möglich, dass einem ein ordentlicher Reichsbürger im Rucksackponcho mit atmungsaktiver Beschichtung begegnen würde, der aber aufgrund der niedrigen Deckenhöhe wie Quasimodo nach seiner Umschulung zum Hundefänger aussähe.

Immerhin habe man damals ein ausgezeichnetes Belüftungssystem erdacht, und außerdem gebe es alle naselang linker wie rechter Hand Pissrinnen aus feinem altdeutschen Porzellan. Man dürfe sich nur nicht über die Zitrusfrüchte, vornehmlich Limetten, wundern, die in eben diesen Pissrinnen Hand in Hand mit den Klosteinen gastieren. Diese kämen nämlich beim Anmischen der extrastarken Cocktails zum Einsatz, mit denen sich so mancher Natursektliebhaber seinen hündisch eingezogenen Kopf beim Russlandeinmarsch schön saufen würde.

Da das Publikum langsam unruhig wird, beschließen wir, es mit der trockenen Historie jetzt bewenden zu lassen. Dafür ernten wir nachhaltigen Applaus und vier schweinslederne Michael-Kors-Herrenhandtaschen mit Gelenkschlaufe, die uns ein dankbarer Student, servil gebückt, im schmucken Büttenkarton auf die Bühne bringt.

Strotzend vor Dank legen wir nun richtig los, die Marshalls stehen auf 69 und der geräucherte Aal steigt auf Mitternacht. Brett auf Brett ballern wir der willigen Gemeinschaft einen Rock-Kracher nach dem anderen vor den Latz, und wer eben noch deutschen Gangster-Rap-Hinterwäldlern mit 22er Oberarmen gehuldigt hat, erlebt endlich das große Satori und gelobt feierlich Besserung.

Sogar die Jünger von Rollkragenheinis mit Laptop lassen jetzt von ihren Göttern ab, fallen auf die Knie oder zücken das Portemonnaie, sich von ihrer Jahrzehnte währenden Verirrung freizukaufen. Wir quittieren die allgemeine Nabelschau mit gütigen Grimassen und einer Handvoll Zugaben, bis auch der letzte darnieder sinkt, uns seine vollgeschissenen Windeln anbietet oder inständig wünscht, längst im Tunnel unterwegs zu sein.

Natürlich sind nicht alle einsichtig; ein besonders renitentes Exemplar versucht zum wiederholten Male, uns die Sicherungen rauszudrehen, freilich nicht folgenlos. Als kleines Dankeschön lassen wir ihn später backstage geknebelt in Kabelbinderbondage vorführen, und Lutscher Bumsfeld tätowiert ihm mit heißer Stricknadel „Ich bin 'ne blöde Sau und denk noch, ich sei clever" auf die Stirn. Man soll gehen, wenn es am schönsten ist, also gut ist.

*

Heute Abend ist das Rothenburger Café Kotzbrocken fällig, und wir kommen auch hier wieder etwas zu zeitig und werden noch Zeuge einer hitzigen Debatte unter engagierten Bildungsbürgern.

Während die einen Indianerkostüme zu Karneval verbieten möchten, weil sie diese als Beleidigung einer Minderheit erleben, fachsimpelt die andere Fraktion über den Unterschied zwischen Farbigen, People of color, Afrodeutschen, Menschen mit dunkler Hautfarbe, Schwarzen und Personen mit afrikanischen Vorfahren. Interessant ist, dass ausnahmslos Weiße anwesend sind.

„Die Deutungshoheit über die Sprache", ruft jetzt einer von ihnen, „obliegt in jeder Beziehung allein uns!" „Recht so", brüllt der Rest, und noch ehe sich unsere Zornesfalten zeigen, wird geschickt ein Themenwechsel eingeläutet. „Birgit Schrowange hat die Haare jetzt grau", ruft eine dicke Mutter im Filzrock, eine andere schaltet sich zu. „Seitdem ich diesen neuen Bio-Joghurt esse, kann ich wieder regelmäßig kacken“, sagt sie. Eine weitere sieht Lutscher Bumsfelds Lederstiefel und bezeichnet ihn daraufhin als „Umwelt-Nazi“. Im Anschluss rufen sie im Chor „Prima Klima!“, heben die Zeigefinger und schwenken den Naturfaser-Klingelbeutel, denn die Bewahrung der Schöpfung gehört mittlerweile zu jedermanns Kerngeschäft und Dauerauftrag. Als Gegenleistung für den Öko-Obolus gibt es einen veganen Sticker von Greta Thunberg, verkleidet als Jeanne d'Arc.

Auch wir hätten den Sticker gern, aber wenn es um Geld geht, erklären wir niedergeschlagen, müssen wir passen. Alternativ bieten wir an, die Diskussionen etwas zu befeuern und die Unterschiede und Gemeinsamkeiten zwischen Frisören, Coiffeuren und Stylisten herauszuarbeiten. Das wiederum bringt uns den Hass der ausgewiesenen Sprachkenner ein, und wir kommen zu der Erkenntnis, dass endliche Ruhe diesem geplagten Planeten, seiner Flora und Fauna, allein durch den kollektiven Selbstmord seiner zweibeinigen Hampelmannbevölkerung zuteil wird.

Vorher ist allerdings noch unser Auftritt fällig. Angestachelt von den jüngsten Unverschämtheiten unserer geliebten Mitarschlöcher bauen wir in Windeseile alles auf, drehen die Marschalls auf zweihundertzehn und provozieren voller Elan Hörstürze und Trommelfellfrakturen. Eine verkniffene Jutesackmutter will uns den Stecker ziehen, aber Lutscher Bumsfeld schmettert ihr den Bass rechtzeitig mit voller Wucht ins Gesicht. Ihr mit zufriedenem Schmatzen platzender Schädel entlässt eine Portion reinrassigen Linkspopulismus, und alle anderen Anwesenden stürzen wie auf

Kommando herbei, um diesen mit selbstgehäkelten Matten aus regional gewonnenem Nutzhanf abzudecken.

Damit kein falscher Eindruck entsteht, erzählt Fränky dem aufgebrachten Publikum von geheimen Dokumenten, die belegen, dass sich Reichsminister Joseph Goebbels 1934 in einem Anfall von arischer Erregung von oben bis unten mit Scheiße vollgeschmiert hätte und in diesem neuen Look im Leipziger Barfußgässchen auf Brautschau gegangen sei.

Schwer irritiert fragt uns einer der Anwesenden nun, wo wir uns eigentlich politisch verorten würden, und wir spielen „Nice Boys" von Rose Tattoo und erleben überglücklich, wie im Hintergrund das ganze Rechts-Links-Scheißdreck-Gebäude kollabierend zusammenbricht. Möge sich die Krone der Schöpfung neue Sichtweisen zur Abbildung der Realität ausdenken, bevor ihr selbige das Steuer *endgültig* aus der Hand nimmt.

*

Heute ist Bitburg der Tatort, wir sollen im Vereinshaus des lokalen Motorradclubs auftreten. Vorher fahren wir der Umwelt zuliebe erstmal mit dem SUV zum Biobäcker. Vor uns in der Schlange ein Opi mit seinem Enkel, der gerade Kommunion hat, aber die erwünschte Playstation nicht bekommen hat: „Kopf hoch, Kleiner", sagt Opa, „in 70 Jahren ist alles vorbei."

Das ruft nach Freikarten, und Opa grinst, erzählt uns von Motörhead, die er 1981 in Newcastle gesehen hat. Der Enkel ist derweil weggetreten, daddelt in Enttäuschung versunken irgendetwas Buntes auf seinem I-Phone. „Ich erreiche den gar nicht mehr", seufzt Opa, „und wenn man ihnen diese Dinger wegnimmt, ist das so, als ob man ihnen die Geschlechtsorgane abgeschnitten hätte."

„Wohl wahr", sagt Fränky, „und wenn er mal irgendwo mit anpacken soll, ist das so, als würden fünf Leute loslassen." „Er ist nur frustriert, weil die Zukunft doch weiblich ist", konstatiert Andyboy, und Lutscher Bumsfeld räumt ein, dass der gute Enkel sich das mit der geschlechtlichen Identität ja noch in aller Ruhe überlegen könne.

„Ich würde ihm die Umwandlung ja bezahlen, wenn er später darauf besteht", meint Opa, und wir intonieren im Chor „Changes" von David Bowie, bis uns der Enkel mit knatschendem Crescendo dazwischenfährt, weil er bei seinem idiotischen Spielchen den Highscore verkackt hat. Ehe er der Umwelt schadet und sich als Dreingabe schreiend vor dem Süßigkeitenregal auf den Boden wirft, suchen wir das Weite.

Nach diesem herzerfrischenden Intermezzo machen wir uns daran, im Clubhaus die Anlage aufzubauen. Später am Abend dann der Gig, unsere Fans kommen im kernigen Krachleder und schwenken erregt das flüssige Brot. Wir liefern ab und schenken der anspruchsvollen Gemeinde Brett auf Brett, es wird goutiert mit dankbarem Grölen. Zu Ehren von Altrocker Manni, der nach mehrjähriger Haft wegen Schutzgelderpressung wieder nach Hause gekommen ist, covern wir „Breaking the law" von Judas Priest, und Manni fängt an zu weinen, so schön ist das alles.

Nach unserer Show geht's geschlossen in einen Privatclub, wo Stangentanz und kolumbianisches Marschierpulver den Takt angeben. Der Opa aus der Bäckerei ist auch dabei, und zu unserer großen Überraschung erfahren wir, dass sich der frühreife Enkel gegen Nachmittag dann doch für die Kastration entschieden hat. Wir begrüßen diesen Entschluss einhellig, lassen herzlich gratulieren und freuen uns auf den Tag, an dem wir für immer die Augen schließen dürfen.

*

Am folgenden Abend spielen wir im Offenbacher „Schmecker". Vorher sind wir zum Interview geladen, denn die Öffentlich-Rechtlichen sind angewiesen, die Bevölkerung umfassend und vielfältig zu informieren. Alles läuft gemäß der mit dem Programmdirektor abgesprochenen Choreografie, bis Kimme Konzen das rhetorische Tischtennis mit der Aussage torpediert, dass er die enge Hose der Moderatorin „scheißend geil" findet. Andy legt nach und faselt irgendetwas von adipösen Zwillingen, die mit ihrem Eigenfett Kerzen hergestellt hätten, deren Docht aus dem gezwirbeltem Schamhaar der findigen Geschwister bestanden hätte und dass eben diese aus natürlichen Rohstoffen handgefertigte Kreation auf dem Offenbacher Weihnachtsmarkt zu einem großen Hit avanciert wäre.

Jetzt schaltet sich Fränky zu und gesteht, dass er eine solche Kerze als Kenner und Fan der schönen neuen Biowelt gerne und sofort gekauft hätte, bevorzugt allerdings mit einem soft-menschelnden Schriftzug nach Art von „Vergiss mein nicht“ oder „Bleib, wie du bist“.

Weil ohne eine gewisse Linientreue allerorten die Geldquelle versiegt, beißt auch das Fernsehen nicht die Hand, die es füttert, sondern unterbricht unsere blumigen Ausführungen jetzt mit einer kleinen Werbeunterbrechung. Wie zu erwarten war, erfahren wir im Anschluss keine bodentiefen Verneigungen und dringenden Heiratsanträge, sondern werden unmissverständlich des Hauses verwiesen.

Wir quittieren die Gutsherrenart der GEZ-Prostituierten mit dem festen Vorsatz, das Haus zeitnah mit automatischen Waffen heimzusuchen und den Anwesenden eindrucksvoll wie werbepausenwürdig die Arbeitgebermentalität herauszuoperieren.

Nach diesem ernüchternden Intermezzo sehen wir uns in der Pflicht, den Offenbacher Fans eine zünftige Schlachtplatte aufzutischen.

Zunächst wird die schwächelnde Vorband mit emsigen Tritten in den Bühnengraben befördert, alsdann eröffnen wir fulminant. Die Mauer aus Marshallboxen bebt, die Trommelfelle flattern apart und die wogende Menge skandiert hocherregt unsere Namen.

Ha – Wunschdenken! Bis auf ein paar Dreadlock-Schmierlappen und eine Horde studentischer Rucksackträger kommt tatsächlich keiner zu unserem Gig, und unsere Enttäuschung ist grenzenlos. Fränky will das Steuer herumreißen, gibt den Animateur und springt mit Anlauf von der Bühne. Die studentischen Rucksackträger jedoch, im Halbdunkel einer Horde von Buckligen nicht unähnlich, zeigen sich niederträchtig und weichen feig aus. Das wiederum ruft Lutscher Bumsfeld auf den Plan, der jetzt seelenruhig seinen Bass ablegt und aus dem Hosenbund gelassen und völlig unerwartet eine großkalibrige Pistole zutage fördert.

Und siehe da, plötzlich kommt doch noch Leben in die Bude. Als gäbe es dort gratis Bio-Kokosmilch, scharen sich die Buckligen jetzt eilig im Ausgangsbereich, aber für die Teilnahme am tagesaktuellen Sitzstreik ist es zu spät. In Kombatstellung nagelt ihnen unser geliebter Lutscher die Projektile in die Birne, und nicht wenige der gelehrigen Hampelmänner bezahlen ihre naserümpfende Unentschlossenheit mit dem Leben.

Am Ende ist sogar Fränky versöhnt, denn die übrig gebliebenen Gäste geben sich nun, hektisch tanzend, den Anstrich echter Fans. Von glänzendem Angstschweiß bedeckt, posieren sie abschließend mit zwanghaftem Lächeln für ein letztes Gruppenselfie, anlässlich dessen wir in unserem schweinsledernen Poesiealbum in weiser Voraussicht an exponierter Stelle einen Platz reserviert haben.

*

Heute spielen wir im Freiburger „Café Ballermann“. Bevor wir unseren musikalischen Offenbarungseid leisten können, hechtet uns ein Pokémon-Go-Jünger mit Tablet und Kopfhörern vor die Karre, es bumst kernig. Seine Kumpane sind gleich zur Stelle, heulen herum, verlangen Bodenampeln und Tempo 20, bieten uns Schläge an. Kimme Konzen nickt genießerisch.

„Ein Faustkampf oder eine zünftige Messerstecherei jederzeit, meine kleinen Droogies“, sagt er und schau an, schon wird das

Palaver leiser. Hektisch huschen jetzt muskelbepackte Daumen über die Displays und ordern für harte Währung zusätzliche Leben und Waffen-Updates für die Durchschlagskraft. Derart gestärkt meldet sich der Rädelsführer zu Wort, ein ziegenbärtiger Berufsblogger mit einem WhatsApp-Finger, dick wie ein Dildo.

„Das werdet ihr bereuen", kündigt er vollmundig an, und Fränky schießt in einem Anfall explosiven Frohsinns das Bier aus der Nase. „Was meinst du, Andy", fragt er mit konspirativer Stimme, „soll ich dem Zeremonienmeister seine Interneteier abknipsen?" Andy runzelt die Stirn und überlegt angestrengt.

„Trägst du beim Zocken Windeln?", fragt er den Anführer jetzt diplomatisch, „ich meine bei Turnieren – ich hab sowas mal gehört. Also, dass ihr vor lauter Passion ganz die Zeit vergesst und euch ordentlich einscheißt, um bloß am Ball zu bleiben."

„Ja, das stimmt", sagt der Ziegenbart nun, sichtlich geschmeichelt, „mein Rekord waren fünf Tage ohne Schlaf bei World of Warcraft." Fränky schmunzelt. „Oh, na da war die Hose aber ganz schön voll, oder?" „Naja", sagt der Ziegenbart jetzt etwas zögerlich-ausweichend, und Fränky erspart ihm und uns weitere pikante Details und spricht einen offiziellen Platzverweis aus.

Auf einer provisorischen Bahre aus zusammengeknoteten Stoffwindeln tragen die Amateur-Traumfänger ihren beschädigten Kindskopfkumpel nun aus dem Bild, und wir sind aufgefordert, uns wieder unserer musikalischen Kernkompetenz zuzuwenden.

Das Café Ballermann entpuppt sich als ein Punkrockschuppen der ersten Stunde, und der Inhaber, ein greiser Exploited-Anhänger, weiß satt mit Stories aus der guten alten Zeit zu beglücken.

„Ich weiß noch, wie die Bad Brains in Oer-Erkenschwick gespielt haben“, ruft er, „und die Circle Jerks haben Lützinghausen gerockt. Das ist ein Stadtteil von Gummersbach.“

„Stimmt“, ruft Andyboy, „in Haselünne ist Johnny Thunders aufgetreten und in Quakenbrück die Sex Pistols. Niedersachsen ist einfach nur groß!“ „Jau“, ruft Kimme Konzen, „ich weiß noch, wie ich 1979 in Herxheim bei Landau einem Bullen vors Schienbein getreten habe. Und das Dead-Kennedys-Konzert in Niefern-Öschelbronn werde ich nie vergessen! Aber ich weiß nicht, wo das liegt.“

Der Inhaber, dessen bernsteingelbe Haut einen ordentlichen Leberschaden vermuten lässt, reißt nun wie auf Kommando sein Handy hoch und fragt Alexa, die ihm prompt steckt, dass er Niefern-Öschelbronn im baden-württembergischen Enzkreis suchen muss.

Nachdem das auch geklärt ist, beginnen wir mit dem Soundcheck, und an dieser Stelle zeigt der Wirt erste Nerven. Aus der Tiefe seiner Unterhose fördert er mit elegantem Kunstgriff einen vorgewärmten Batzen Ohropax zutage. Nachdem er sich die schamhaargespickte Masse tief in die Gehörgänge gequetscht hat, folgt die schneidige Zugabe auf dem Fuße.

„Henry Rollins hat mir damals auf die Fresse gehauen. Hat mich am Ohr erwischt, bin da empfindlich seitdem. Das war, als Black Flag in Bad Kissingen gespielt hat. Oder war es Schweinfurt? Ich bin mir nicht sicher.“

Bevor wir uns vor lauter Nostalgie Windeln anlegen müssen, zählt Kimme Konzen das erste Stück an und wir spielen

„Kerosene“ von Big Black in einer Laustärke, die den Wirt samt Gefolge nach draußen auf die Straße treibt.

„Ja, Schimmel am Brot kann man notfalls immer noch abschneiden!“, schreit Fränky und wir rocken wie die Trümmerfrauen, die in den Resten des verkohlten Führerbunkers einen Eimer frische Gänseleberpastete gefunden haben.

In vierzig Jahren werden sich die blutjungen Punkermädchen von einst wehmütig an die Zeugung ihrer Erstgeborenen erinnern, an Schwänze wie Bleirohre mit Flügeln dran, rhythmisch pulsierend voller Vitalität, an einen fulminanten Abend frei nach dem Motto *Fresse halten Freiburg* und eine Show, die im Zeitalter des virtuellen Frohlockens beherzt Zeugnis darüber abgelegt hat, dass wir, trotz allem, *gelebt* haben.

Ehe uns das SEK zu später Stunde ins Jenseits befördern kann, kratzen wir die Kurve und hinterlassen Schulden, verbrannte Erde und geschmolzenen Mascara satt. Olé!

*

Nach einer durchzechten Nacht ohne nennenswerte Ereignisse führt uns der Weg nach Ludwigsburg, die „Gauklertaverne“ will von uns bespielt werden. Es ist der letzte Gig auf unserer Tour und die Kommentare auf den Social-Media-Seiten sind mittlerweile soweit, dass man uns einstimmig für die Todesstrafe vorschlägt; offenbar waren wir bei der Vermittlung unserer Message zu *undiplomatisch*. Nachdem es anfangs noch so etwas wie Fans gab, lassen sich nunmehr nur noch Erbrechen-Emojis und Hassposts finden. Mit zunehmender Eigendynamik scheint den erhitzten Gemütern jedes gute Wort für uns auszugehen, unflätige Beschimpfungen in einer Rechtschreibung, die größte Erregung verrät, sind die Regel.

Lutscher Bumsfeld, dessen Fingerkuppen vom engagierten Spiel der letzten Wochen nur noch blutige Klumpen sind, starrt mit tiefer Zornesfalte und Augen, die nur noch zu Schlitzen zusammengekniffen sind, todernst aufs Display.

„Da frage ich mich, was schlimmer ist", sagt er leise, „als Kakerlake wiedergeboren zu werden oder den Scheißdreck von diesen Arschlöchern lesen zu müssen." Andyboy nickt und schaut mit verheulten Augen von seinem Handy auf. „Da will uns einer Cocktailschirmchen in die Harnröhre stecken", sagt er leise, und Kimme Konzen winkt ab.

„Was ist los, ihr Fotzen", brüllt er, „kauft euch eure Sinnkrise gerade den Schneid ab? Scheißt ihr euch ein, weil wir in einer Welt voller Idioten leben? *Ist euer Nervenkostüm denn so kaputt, dass ihr nur noch heulen könnt?*" Andyboy stimmt lautstark zu und fährt den Tourbus rechts ran.

„Juhu, Pinkelpause", ruft Fränky, aber Andy zerstört seine glückliche Illusion. „Nix da", sagt er, „jetzt gibt's Mittagessen!"

Kurz darauf tummeln wir uns geschlossen im Inneren eines passabel gefüllten Müllcontainers und suchen nach mit Spinat überbackenen Weinbergschnecken und Filetspitzen Stroganow. „Bist du sicher?", fragt Fränky, „hier drin? Wir sind doch nicht im Restaurant!" Lutscher Bumsfeld, der an der falschen Stelle gesucht und sich über und über mit Scheiße beschmiert hat, gibt auf. „Nee, wir sind im Müllcontainer", sagt er enttäuscht, „aber

Andys Freunde von der Antifa haben ihm gesteckt, dass wir in einer Wegwerfgesellschaft leben. Dass man die *Haute Cuisine* in jedem Abfalleimer finden kann."

„Nicht in jedem", ruft Kimme Konzen, „ich habe es gerade gegoogelt. Er muss schon neben einem Supermarkt liegen." „Das habe ich vergessen", gibt Andy kleinlaut zu, und geschlossen bahnen wir uns im fahlen Licht seines Handys den Weg zum Ausgang, vier Geschlagene, die Klamotten von fauligem Sud durchtränkt, die Moral schwer erschüttert.

Beim Herausklettern stören wir einen studentischen Fahrradfahrer bei seiner Pinkelpause, ernten aber seinen Respekt.

„Mensch, Genossen", sagt er anerkennend, „ihr seht aus, als ob ihr gerade euren Freischwimmer gemacht hättet. Seid ihr wenigstens satt?" „Na klar", ruft Fränky, „ich hatte Spargel mit Sauce Hollandaise".

Mit einem gewaltigen Schwinger bricht er dem Studenten unvermittelt die Nase. Blut und Rotz spritzt zur Seite weg und der vormals fidele Biker ist wenig begeistert.

„Warum hast du das gemacht?", fragt er mit quengeliger Stimme, und Fränky klopft ihm väterlich auf die Schulter.

„Du hast mich dazu *gezwungen*", sagt er, „aber ich gebe zu, ich habe etwas überreagiert."

Lutscher Bumsfeld steckt dem Geschädigten mit versöhnlichem Nicken einen Satz Gratiskarten für das Konzert zu, und das glättet die Wogen merklich.

„Da kann ich ja meine Freunde mitbringen", sagt der angehende Gehirnchirurg, und Kimme Konzen gibt ihm High five.

„Siehst du, da hat sich dein kleiner Ausflug zum Müllcontainer heute richtig gelohnt!"

„Stimmt, Mann. Ihr seid einsame Spitze!", ruft der Beschenkte und zückt sein neues I-Phone, die frohe Kunde sogleich zu verbreiten.

Später am Abend staunen wir, wie viele Kollegen der gebeutelte Wildpinkler zu mobilisieren vermochte. Ganze Straßenzüge voller aufgeschlossener junger Leute haben sich versammelt, um unserer dionysischen Darbietung zu lauschen, und die besonders attraktiven Exemplare laufen vorneweg und dienen uns Jutesäcke voll eingesammelter Bargeldspenden an.

Leider entspricht diese Darstellung nicht der Wirklichkeit, und an unserem großen Abschlussabend findet sich lediglich eine Delegation verirrter japanischer Touristen ein, die uns immerhin als fotogen erachtet. Das Blitzlichtgewitter und die spitzen Ausrufe des Entzückens bringen schließlich doch noch Leben in den großen Kabeljau und wir ziehen ein letztes Mal alle Register. Die Marschalls stehen auf fünf nach 12, aus den Boxen wabert Dantes Inferno im Maximalformat und die Gäste aus Fernost fallen geschlossen ins Delirium.

Eine Minderjährige in Schuluniform verstaucht sich beim Herumhampeln mit ihrem Selfiestick spektakulär die Haxen, ihr wasserköpfiger Kumpan versucht sich im Headbangen und haut Oma mit Schmackes die brandneue Leica aus den Flossen. Jetzt hagelt es Stockschläge von Grandpa, und im Takt zum darniedersausenden Knotenknüppel spielen wir den Radetzky-Marsch und sichern uns in asiatischen Breitengraden den Status der Unsterblichkeit.

Mit großem Schwung schlägt die Rock & Roll-Abrissbirne Schneisen der Verwüstung in das nach Erleuchtung lechzende Publikum, und von schweren Wirkungstreffern gezeichnet fallen auch die letzten bald auf die Knie. Im Chor schmettern sie nun Lobpreisungen, von der Decke tropft das Kondenswasser und die mit Scheiße gefüllten Schlüpfer schießen durch die Gegend wie tollwütige Barracudas. Das Schulmädchen macht die Runde, der stattliche Schwertfisch spricht und alles wird gut.

Der Auftritt verläuft ohne weitere nennenswerte Ereignisse, und unserem allgemeinen Harmoniebedürfnis geschuldet spenden wir die Gage im Anschluss für minderbemittelte Südseeinsulaner ohne Krankenversicherung. Zudem versprechen wir auf YouTube und gegenüber ZDF Info, künftig jeglichen Schabernack zu unterlassen.

Die öffentliche Meinung tut daraufhin kund, wir hätten nun vollends unsere *Credibility* verloren und wären zu *popeligen Pappkameraden* verkommen. Was unsere ethisch und moralisch fragwürdigen Auftritte anbelangt, seien wir schon immer nichts weiter als *Nestbeschmutzer der Alternativszene* gewesen, und unsere gelegentlichen, halbherzigen Solidarbekundungen mit Andersdenkenden und Notleidenden wären an Ekelhaftigkeit kaum noch zu überbieten.

Wir beschließen daraufhin, es fürs Erste gut sein zu lassen. Das goldene Zeitalter der Debilität erlaubt offenbar keine nachhaltige Bekehrung, und wir verlosen zum Abdanken einen Satz T-Shirts mit unseren Konterfeis und der Aufschrift „Hunde und Katzen sind Engel, die der Himmel uns geschickt hat, damit wir verstehen, was Liebe ist“. Alternativ kann bei gleichbleibendem Motiv noch ein anderer Text gewählt werden, nämlich „Ich denke, also bin ich hier falsch“. Als Trostpreis gibt es eine Langnese-Familienpackung Vanille-Dutroux, und wer jetzt immer noch nicht zufrieden ist, dem empfehlen wir die Zeugung von Kindern als mundgeblasene güldene Christbaumspitze der bürgerlichen Existenz.

Wir liegen längst vollgefressen im Tourbus, als Stunden später der erste Gewinner anrückt, um nach langer, beschwerlicher Anreise sein T-Shirt in Empfang zu nehmen. „Mensch, das Leben ist eine Pralinenschachtel“, verkündet er überglücklich, „Ja, in einem vollgeschissenen Klo“, fügt Lutscher Bumsfeld hinzu.

Über die Irritation im Gesicht des Spezialisten sehen wir geflissentlich hinweg und lassen den Motor an.

Es geht nach Hause, Jungs.

Philipp Schiemann
Erzählung

Suicide City

KILLROY *media*
ISBN 978-3-931140-21-2

Willkommen in der Hölle

Menschen gehen mir auf die Nerven
sie reden ohne Unterlass
oder starren auf ihre Handys
sie stinken
sie haben garantiert eine Meinung
sie sind, na klar, im Recht
sie meinen immer, die anderen seien schuld
dabei ist das Schwachsinn
wir alle sind schuld
und es wäre das Beste
wir wären alle nicht mehr da

dann kann sich die Erde ein bisschen erholen
und die Tiere kehren in ihren Raum zurück
die Pflanzen überwinden den Beton
das Wasser fließt ungehindert
aber stattdessen
ist das Wetter wieder nicht das richtige
die Bahn kommt nicht pünktlich
der Chef bildet sich wieder was ein
und du hast verbotene Käse-Cracker
ins Büro geschmuggelt,
bei deiner Figur

da, schau sie dir an
sie denken, sie haben den großen Plan
Gutbürger, Wutbürger, Reichsbürger, Aktivisten,
Unentschlossene, Nazis, Autonome, Liberale,
Konservative, gut, schlecht, links, rechts
geradeaus vorwärts rückwärts seitwärtsgewandte
alle miteinander ab in die Müllpresse
wir sind pures Gift
wir sind Sondermüll
wir gehören ausgerottet
mit Stumpf und Stiel

das Kissen ist zu hart, die Portionen zu klein
die Umstände sind schuld, die anderen sind schuld,
und was sich die Politiker wieder rausnehmen,
die da oben
für die gehe ich arbeiten,
für deren Diäten zahle ich ein,
ausflippen könnt ich da
Oh, ich muss wieder rein,
ich habe gar nicht auf die Uhr geguckt
ja, Pause vorbei, hilft ja alles nichts,
dann wollen wir mal

eine Invasion schreiender Blagen,
Egozentrik pur
Biobrei rein, Scheiße raus

und sechs Jahre später
wird der Hamster gefoltert
ja, bist du denn nicht stolz?
Bei Gott, dazu gibt es keinen Grund
Fernsehen,
Schulden machen,
Kinder kriegen
jeder Idiot kann das

und ja, industrielle Tierhaltung
finde ich auch schlimm
aber es schmeckt halt so gut
und überhaupt
ich will das gar nicht sehen,
da wird mir schlecht
und ich, ich bin Veganer,
das macht mich gleich zu einer
ethisch-moralischen Sonderrasse
siehst du, so geht es nämlich auch
man kann nämlich sehr verantwortungsvoll leben

Wir sind wirklich
die Krone der Schöpfung
ein Haufen Arschlöcher
mit High-Tech und Achselschweiß
Willkommen in der Hölle
da möchte man sich doch wünschen

dass ein großmäuliger Polit-Poser in Übersee
den Erstschlag anschubst, rein präventiv
let's get our big boy pants on
and call in the airstrike
wham bam Fresse halten

da hilft dann auch keine Antifa
und kein verschissenes Palästinensertuch
und keine Scheiß-Reichsflagge
und auch du Yakuzadummbatz
und auch du Fußball Ultra Megaaffe
und auch du Battle-Prime-Royal-Crime-
High-End-Disser-Pisser
Original Gangster im Video
aber in Mamis Daunenbett
die braune Bremsspur vom letzten Bierschiss
als du dich wieder übernommen hast

Oh, ich rufe dich an,
großer Mann mit der Sense
es wartet Akkord mit Überstunden
denn die menschliche Plage
wächst und wuchert
mach der Sache ein Ende, großer Mann mit der Sense
erlöse uns von dem Bösen
trenne die üblen Köpfchen
mit scharfem Schnitt vom stinkenden Fleischsack,

auf dem sie so selbstgefällig,
so siegessicher und stolz thronen

und endlich herrscht Ruhe
alle Autos kommen zum Stillstand
die Fabriken verstummen
ein Vogel schaut verblüfft
ein Eichhorn hält inne
ein entschlossenes Wildschwein
kreuzt unversehrt die Landstraße
Unerschrockene Gräser, tapfere Büsche
Fröhliches Plätschern am Bach
Na also
geht doch